Aus Freude am Lesen

btb

Buch

Ein fünfunddreißigjähriger Psychiater kommt morgens zur
Arbeit ins Hospital Miguel Bombarda in Lissabon, hält seine
Sprechstunde ab, trifft sich mittags, weil er völlig fertig ist,
mit einem Freund, wartet an der Schule seiner Töchter, von
deren Mutter er sich getrennt hat, darauf, die Kinder heimlich beim Herauskommen beobachten zu können. Anschlie-
ßend geht er zur Gruppentherapie, fährt in seine Wohnung
in Estoril, geht in eine Kneipe, reißt eine Frau auf, mit der
er die Nacht verbringt, und versichert am nächsten Morgen,
das Leben als braver Spießer von vorn anfangen zu wollen –
eine Lüge, wie sich herausstellen wird.
Diese Beschreibung eines Tages ist durchsetzt von prallen,
boshaften und respektlosen Ausbrüchen ins Phantastische,
Skurrile und Komische, sie ist der Ausdruck einer existen-
ziellen Krise: Hier spricht einer, der sich an der Welt reiben
muß, um nicht an ihr zugrunde zu gehen. *Elefantengedächtnis*, 1979 geschrieben, ist der erste Roman von António
Lobo Antunes, er ist eine Autobiographie »bis zur Hälfte
seines Lebens« – mit ihm begründete Lobo Antunes ein bei-
spielloses literarisches Werk.

Autor

António Lobo Antunes wurde 1942 in Lissabon geboren.
Er studierte Medizin, war während des Kolonialkrieges
Militärarzt in Angola und arbeitete danach als Psychiater
in einem Lissabonner Krankenhaus. Heute lebt er als
Schriftsteller in seiner Heimatstadt.
Lobo Antunes zählt zu den wichtigsten Autoren der euro-
päischen Gegenwartsliteratur. In seinem Werk, das mittlerweile sechzehn Titel umfaßt und in circa dreißig Sprachen
übersetzt worden ist, setzt er sich intensiv und kritisch
mit der portugiesischen Gesellschaft auseinander. Er erhielt
zahlreiche Preise, zuletzt 2005 den Jerusalem-Preis für die
Freiheit des Individuums in der Gesellschaft.

António Lobo Antunes bei btb

Geh nicht so schnell in diese dunkle Nacht. Roman (73131)
Was werd ich tun, wenn alles brennt. Roman (73298)

António Lobo Antunes

Elefanten-
gedächtnis

Roman

Aus dem Portugiesischen von
Maralde Meyer-Minnemann

Mit einem Nachwort von
Sigrid Löffler

btb

Die Originalausgabe erschien 1979 unter dem Titel
»Memória de Elefante« bei Publicações Dom Quixote, Lissabon.

Der Verlag dankt dem Portugiesischen Institut für das Buch-
und Bibliothekswesen für die Förderung der Übersetzung.

MINISTÉRIO DA CULTURA   INSTITUTO PORTUGUÊS DO
                          LIVRO E DAS BIBLIOTECAS

1. Auflage
Genehmigte Taschenbuchausgabe März 2006,
btb Verlag in der Verlagsgruppe Random House GmbH, München
Copyright © der Originalausgabe 1979 by António Lobo Antunes
Copyright © der deutschsprachigen Ausgabe
2004 by Luchterhand Literaturverlag,
in der Verlagsgruppe Random House GmbH, München
Umschlaggestaltung: Design Team München
Umschlagfoto: Tina Deininger / Gerhard Jaugstetter
Satz: Filmsatz Schröter GmbH, München
Druck und Einband: Clausen & Bosse, Leck
MM · Herstellung: AW
Made in Germany
ISBN-10: 3-442-73424-X
ISBN-13: 978-3-442-73424-5

www.btb-verlag.de

Für Zézinha und für Joana

… as large as life and twice as natural.

Lewis Carroll,
Through the Looking-Glass

'ne Gelegenheit zu türmen gibt's immer,
für euch ist Zoff angesagt, seht zu,
wie ihr damit klarkommt.

Satz, den Dédé sagte,
als er aus dem Gefängnis ausbrach.

Das Krankenhaus, in dem er arbeitete, war dasselbe, in das er als Kind häufig seinen Vater begleitet hatte: ein altes Kloster mit einer Bürgermeisteramtsuhr an der Fassade, ein Hof mit rostigen Platanen, Kranke in Uniform, die, von Beruhigungsmitteln schwindlig, aufs Geratewohl herumstreiften, das breite Lächeln des Pförtners, der die Lippen hochzog, als würde er gleich abheben: Hin und wieder tauchte dieser Jupiter mit seinen wechselnden Gesichtern an der Ecke der Station mit einer Plastikmappe unter dem Arm vor ihm auf und streckte ihm ein fordernd-flehendes Stück Papier hin:

– Der Beitrag, bitte schön, Herr Doktor.

Scheiß auf die in Polizeiwachen organisierten Psychiater, dachte er immer, wenn er die hundert Escudos im Durcheinander der Brieftasche suchte, scheiß auf die Großtempel der Psychiatrie, auf die aufgeblasenen Etikettierer des Leidens, auf die Schwachköpfe mit der einzig widerlichen Form der Verrücktheit, die darin besteht, auf das Strafgesetzbuch der Lehrbücher gestützt, die Freiheit fremden Wahnsinns zu überwachen und zu verfolgen, scheiß auf die Kunst der Katalogisierung der Angst, scheiß auf mich selber, schloß er, während er das bedruckte Viereck einsteckte, denn ich mache mit, indem ich zahle, anstatt in den Eimern mit dem verbrauchten Verbandszeug und in den Schreibtischschubladen der Ärzte Bomben zu verteilen, um in einem triumphalen Atompilz einhundertfünfundzwanzig Jahre Überwachungsidiotie seit Pina Manique explodieren zu lassen. Der intensiv blaue Blick des Kassierer-Pförtners, der, ohne zu wissen, wie ihm geschah, eine Ebbe des Aufbegehrens erlebte, die über seinen Horizont ging, hüllte ihn in den beruhigenden Heiligenschein mittelalterlicher Engel ein: Eines der geheimen Projekte des Arztes war, mit einem Satz in die Bilder Cimabues zu springen und sich in den verblichenen Ockertönen einer Zeit aufzulösen, die noch nicht von Resopaltischen oder Sãozinha-Heiligenbildchen infiziert war: als strahlender Seraph verkleidet, im Fasanensturzflug an den Knien von heiligen Jungfrauen vorbeizusausen, die auf merkwürdige Weise den Frauen von Delvaux glichen, Schaufensterpuppen nackten Schreckens in Bahnhöfen, die niemand bewohnt. Ein ersterbender Rest Wut kreiselte im Abflußrohr seines Mundes:

– Senhor Morgado, wenn Ihnen Ihre eigenen und meine Eier lieb sind, dann nerven Sie mich ein Jahr lang nicht wieder mit diesen beschissenen Beiträgen, und bestellen Sie der Gesellschaft für Neurologie und Psychiatrie und ähnlichen kleinhirnigen Schreibern, daß sie sich mein Geld schön aufgerollt und mit Vaseline versehen dahin stecken sollen, wo sie schon wissen, herzlichen Dank, und das war's, amen.

Der Kassierer-Pförtner lauschte respektvoll (der Kerl muß beim Militär der Lieblingsgeheimpolizist des Feldwebels gewesen sein, entdeckte der Arzt) und erfand die Mendelschen Gesetze mit seinem zu zwei Viertel aus Küchenwissen bestehenden Intellekt aufs neue:

– Man merkt doch gleich, daß Sie der Sohn vom Herrn Doktor sind, Herr Doktor. Einmal hat Ihr Herr Vater den Aufsichtsbeamten an den Ohren aus dem Laboratorium hinauskomplimentiert.

Während er den Blick wieder auf das Buch mit den Eintragungen lenkte und ein Delvauxscher Busen in einer Gedankenecke verflog, wurde dem Psychiater plötzlich klar, welche Bewunderung die kriegerischen Heldentaten seines Erzeugers hier und da in der sehnsuchtsvollen Erinnerung bestimmter grauhaariger Bäuche hinterlassen hatten. Jungs, nannte sie der Vater. Als sein Bruder und er vor zwanzig Jahren im Fußballclub Benfica mit dem Rollhockey anfingen, hatte der Trainer, der mit dem Vater glorreiche Aljubarrotasiege und Hiebe auf den Kopf geteilt hatte, die Trillerpfeife aus dem Mund genommen, um sie ernst zu ermahnen:

– Ich hoffe doch, ihr kommt nach João, der, wenn Santos dran war, was austeilen konnte. 1935 sind vom Spielfeld in der Gomes Pereira drei vom Verein Académica da Amadora ins São José eingeliefert worden.

Und er fügte leise, in süßer Erinnerung schwelgend hinzu:

– Schädelbruch, in einem Tonfall, mit dem man intime Geheimnisse adoleszenter Leidenschaft enthüllt, die in der Schublade der Erinnerung verwahrt werden, welche für den nutzlosen Ramsch vorgesehen ist, der einer Vergangenheit ihren Sinn gibt.

Ich gehöre zur Sorte der sanften Stiere, die hinter die Bande flüchten, da ist nichts zu machen, überlegte er, als er seinen Namen in das Buch schrieb, das ihm der Pförtner hinstreckte, ein glatzköpfiger, von der merkwürdigen Leidenschaft der Bienenzucht erfüllter Alter, ein an einem Insektenriff gestrandeter Taucher mit Netz, zur Klasse der hoffnungslos Sanften, die hinter die Bande flüchten und vom Stierzwinger des mütterlichen Uterus träumen, dem einzig möglichen Raum zum Verankern ihres angstbedingten Herzrasens. Und er fühlte sich wie ausgestoßen und weit weg von einem Haus, dessen Adresse er vergessen hatte, weil es ihm sinnloser vorkam, sich mit der Taubheit der Mutter zu unterhalten, als die Tür zu einem verschlossenen Zimmer mit den Fäusten zu bearbeiten, trotz der Bemühungen des Sonotone-Hörapparats, über den sie einen verzerrten und wirren Kontakt zur Außenwelt unterhielt, der aus Echos von Schreien und den weit ausholenden, erklärenden Gebärden eines dummen Augusts bestand. Um die Kommunikation mit diesem Ei der Stille aufzunehmen, führte der Sohn eine von rhythmischen Schreien begleitete Art Zulu-Stampftanz aus, hüpfte auf dem Teppich herum und verformte sich in Gummigrimassen, klatschte in die Hände, grunzte, warf sich schließlich erschöpft in ein Sofa, das einem diätabgeneigten Diabetiker glich, und dann hob die Mutter, vom pflanzlichen Tropismus einer Sonnenblume bewegt, das unschuldige Kinn von der Strickarbeit und fragte:

– Hä?, hielt dabei reglos die Nadeln über dem Knäuel wie ein Chinese bei einem unterbrochenen Mittagsmahl seine Stäbchen.

Sorte der hoffnungslos Sanften, Sorte der hoffnungslos Sanften, Sorte der hoffnungslos Sanften, wiederholten die Stufen, während er sie hinaufstieg und sich ihm wie einem fahrenden Zug das Pissoir auf dem Bahnhof die Krankenstation näherte, deren Chefin eine heilige Kuh war, die, um die Wirksamkeit der Beschimpfungen zu erhöhen, wenn sie ihre Untergebenen zusammenstauchte, das künstliche Gebiß aus dem Mund nahm, wie jemand, der seine Ärmel aufkrempelt. Das Bild der Töchter, die er sonntags beinahe so eilig besuchte, als hätte er Urlaub aus der Kaserne, durchquerte diagonal seinen

Kopf wie ein Bündel jenes staubigen Lichts, das die Luken eines Dachbodens in eine traurige Art Fröhlichkeit verwandeln. Er ging mit ihnen immer in den Zirkus, um ihnen seine Bewunderung für die Schlangenmenschen zu vermitteln, die sich in sich selbst verknoten wie die Initialen auf der Ecke einer Serviette und die nicht greifbare Schönheit des Gazeatems besitzen, der in den Flughäfen den Start der Flugzeuge ansagt und den Mädchen mit Rüschenröcken und weißen Stiefeln eigen ist, die auf der Rollschuhbahn im Zoologischen Garten rückwärtsgleitend Ellipsen zeichnen, und ihr eigentümliches Interesse an den zweifelhaften Damen mit blondem Haar und angegrautem Ansatz, die melancholisch gehorsame und gleichaussehend grauenhafte Hunde dressierten, oder an dem kleinen sechsjährigen Jungen, der mit dem oberflächlichen Lächeln eines Bodyguards im Knospenstadium, eines zukünftigen Mozarts der Stockhiebe, Telefonbücher zerriß, enttäuschte ihn wie ein Verrat. Die Schädel dieser beiden winzigen Wesen, die seinen Nachnamen trugen und die Architektur der eigenen Züge fortführten, kamen ihm so geheimnisvoll undurchdringlich vor wie die Probleme mit den Wasserhähnen in der Schule, und ihn erschreckte, daß unter den Haaren, die den gleichen Geruch wie seine hatten, andere Gedanken keimten als jene, die er in langen Jahren voller Zaudern und Zweifel mühsam gehortet hatte. Ihn überraschte, daß die Natur sich nicht bemüht hatte, ihnen außer den Ticks und Gesten als Bonus die Gedichte von Eliot mitzugeben, die er auswendig konnte, die Umrisse von Alves Barbosa, wie er in den Penhas da Saúde herumradelte, und die Lehre im Leiden, die er bereits absolviert hatte. Und hinter ihrem Lächeln machte er beunruhigt den Schatten zukünftiger Sorgen aus, so wie er in seinem Gesicht, wenn er beim morgendlichen Rasieren genau hinsah, die Gegenwart des Todes erkannte.

Er suchte am Schlüsselring nach dem Schlüssel, der die Tür zur Krankenstation aufschloß (meine Haushälterinnenseite, murmelte er, der Teil von mir, der Proviantmeister auf erfundenen Schiffen ist und sich mit den Ratten um den Schiffszwieback aus dem Laderaum streitet), und er trat in einen langen Flur, der von dicken Grabmalsschwellen begrenzt wurde, hinter denen auf zweifelhaften Bettdecken Frauen lagen, die ein Übermaß an Medikamenten zu schlafwandelnden verstorbenen Infantinnen gemacht hatte, denen die erdrückende Düsternis ihrer Gespenster Krämpfe verursachten. Die Oberschwester setzte sich in ihrem Kabinett des Dr. Mabuse das künstliche Gebiß wieder in die Gaumen ein, majestätisch wie Napoleon, als er sich selber die Krone aufsetzte: Die Backenzähne klapperten, als sie aufeinandertrafen, matt wie Plastikkastagnetten, als handelte es sich bei den Kiefergelenken um eine mechanische Schöpfung zur Erbauung von Gymnasiasten oder von Besuchern der Geisterbahn auf der Feira Popular, wo der Geruch nach gegrillten Sardinen sich subtil mit dem Kolikenjammern der Karussells verbindet. Ein blasses Morgengrauen schwebte ständig im Flur, und die von den ramponierten Deckenlampen erleuchteten Gestalten erhielten die Textur von gasförmigen Wirbeltieren des Rive-gauche-Gottes aus dem Katechismus, von dem er sich immer vorstellte, daß er aus der Strafkolonie der zehn Gebote ausbrach, um in den Nächten der Stadt die biblische Haarpracht eines ewigen Ginsberg ungehindert auszuführen. Ein paar alte Frauen, die die Maulkastagnetten Napoleons aus steinernen Lethargien geweckt hatten, schlurften aufs Geratewohl von Stuhl zu Stuhl und wirkten dabei wie schlaftrunkene Vögel auf der Suche nach einem Busch, auf dem sie sich niederlassen konnten: Der Arzt versuchte vergebens, in ihren Runzeln, die ihn an das geheimnisvolle Netzwerk der Risse auf den Bildern von Vermeer erinnerten, Jugendzeiten mit gewachsten Schnurrbärten, Musikpavillons und Prozessionen zu lesen, die, was die Kultur betraf, von Gervásio Lobato, von den Ratschlägen der Beichtväter und von den Gelatinedramen des Dr. Júlio Dantas genährt wurden, der Fadosängerinnen und Kardinäle in gereimter Ehe vereinigte. Die Achtzigjährigen richteten farblose Glasaugen auf ihn, die leer waren wie Aquarien ohne Fische und in denen der zarte Algenflaum eines Gedankens mühsam im trüben Wasser nebliger Erinnerungen kondensierte. Die Oberschwester scheuchte, mit Ausverkaufsschneidezähnen blitzend, diese arthritische Herde mit beiden Händen in einen kleinen Raum, in dem der Fernseher in einem solidarischen Harakiri mit den wackligen, an den Wänden stehenden Stühlen und mit dem Radioapparat kaputtging, der zum Glück nur in seltenen Anwandlungen das lange phosphoreszierende Geheul eines in der Nacht eines Landgutes verlorenen Hundes anstimmte. Die Alten beruhigten sich allmählich wie Hühner, die der Brühe entgangen waren, in ihrem Stall, mümmelten eifrig wiederkäuend das Kaugummi ihrer Wangen unter einem frommen Öldruck, auf dem die Feuchtigkeit die Heiligenscheinkekse der Heiligen, dieser frühen Landstreicher eines himmlischen Katmandus, verschlungen hatte.

Das Sprechzimmer bestand aus einem heruntergekommenen Schrank, der dem Dachboden eines enttäuschten Alteisenhändlers entrissen worden war, aus zwei oder drei wackligen Sesseln, deren Füllung aus den Rissen der Sitze wie Haare aus einer Mütze hervorquoll, aus einer Krankenliege, die aus der Zeit der heroischen, schwindsüchtigen Epoche des Dr. Sousa Martins stammte, und aus einem einer riesigen, von einem zu großen Fötus gequälten wurmstichigen Wöchnerin gleichenden Schreibtisch, der in der Höhlung, die für die Beine gedacht war, einen riesigen Papierkorb beherbergte. Auf einem fleckigen Zierdeckchen war eine Papierrose in ihre Plastikvase gerammt wie eine ferne Flagge des Kapitän Scott ins Eis des Südpols. Eine Krankenschwester, die der Königin Dona Maria II. der Banknoten in einer Campo-de-Ourique-Version ähnelte, schob dem Psychiater eine am Vortag eingelieferte Frau am Ellenbogen entgegen, die er sich noch nicht angesehen hatte und die jetzt vor lauter Spritzen im Zickzack lief und deren Hemd den Körper umflatterte wie bei einem Geist von Charlotte Brontë, der im Dunkeln durch ein altes Haus schwebt. Der Arzt las »paranoide Schizophrenie, Selbstmordversuch« auf den Einlieferungspapieren, blätterte schnell die von der Notaufnahme verschriebenen Medikamente durch und suchte in der Schublade nach einem Block, während sich unvermittelt die Sonne fröhlich an die Fensterrahmen heftete. Unten im Hof, zwischen den Gebäuden der 1. bis 6. Männerstation, onanierte frenetisch, die Hose auf Kniehöhe, an einen Baum gelehnt ein Schwarzer, während ihm eine Gruppe Krankenpflegerhelfer feixend zuschaute. Ein Stück weiter, in der Nähe der 8. Station, öffneten zwei Typen in weißem Kittel die Kühlerhaube eines Toyota, um das Funktionieren seiner fernöstlichen Eingeweide zu überprüfen. Die gelben Gauner haben mit Krawatten aus dem Bauchladen angefangen, jetzt kolonisieren sie uns bereits mit Radios und Autos, und irgendwann machen sie aus uns die Kamikaze zukünftiger Pearl Harbors;

Knauser, die im Sommer haufenweise vor dem Hieronymus-
kloster auftauchen und Banzai sagen, während Hochzeiten
und Taufen im ratternden Rhythmus eines mystischen Ma-
schinengewehrs aufeinanderfolgen. Die Kranke (wer hier her-
einkommt, um Pillen zu geben, Pillen zu nehmen oder naza-
renergleich die Opfer der Pillen zu besuchen, ist krank, urteilte
der Psychiater innerlich) wies mit den von Tabletten vernebel-
ten Augen auf seine Nase und bildete mit schneidender Entschlossenheit die Worte:

– Sie Scheißkerl.

Dona Maria II. zuckte mit den Schultern, um den Kanten
der Beschimpfung die Schärfe zu nehmen:

– Die ist so drauf, seit sie hierhergekommen ist. Wenn Sie
den Aufstand miterlebt hätten, den sie mit ihrer Familie gemacht
hat, würden Sie sich bekreuzigen, Herr Doktor. Kurz und gut, sie
hat uns mit allen nur möglichen Schimpfworten bedacht.

Der Arzt schrieb auf seinen Block: Scheißkerl, alle nur
möglichen Schimpfworte, zog einen Strich darunter, als wollte
er eine Summe bilden, und fügte in Großbuchstaben SCHEISSE
hinzu. Die Krankenschwester, die ihm über die Schulter schaute, wich einen Schritt zurück: Schußfeste katholische Erziehung,
nahm er an, während er sie abschätzend ansah. Schußfeste katholische Erziehung und Jungfrau aus Familientradition: Die
Mutter hatte wahrscheinlich zur heiligen Maria Goretti gebe-
tet, als sie gezeugt wurde.

Charlotte Brontë wies, am Rande eines chemischen K. o.
schwankend, mit einem Fingernagel, von dem der Lack abplatz-
te, zum Fenster:

– Haben Sie jemals die Sonne da draußen gesehen, Sie Mistkerl?

Der Psychiater kritzelte SCHEISSE + SCHEISSKERL = GROSSE KACKE, zerriß die Seite und gab sie der Krankenschwester.

– Alles klar? fragte er. Ich habe das bei meiner ersten Handarbeitslehrerin gelernt, ganz ehrlich und nebenbei gesagt, die beste Klitoris von ganz Lissabon.

Die Frau richtete sich in respektvoller Empörung auf:

– Sie sind scheint's ziemlich gut drauf, Herr Doktor, aber ich habe noch andere Ärzte, denen ich assistieren muß.

Der Mann bedachte sie mit einer ausholenden Urbi-et-orbi-Geste, die er einmal im Fernsehen gesehen hatte.

– Gehe hin in Frieden, sprach er, jeden Buchstaben mit italienischem Akzent. Und vergiß meine päpstliche Botschaft nicht, ohne sie zuvor den Bischöfen, meinen lieben Brüdern, zum Lesen gegeben zu haben. Sursum corda und Deo gratias oder vice versa.

Er schloß vorsichtig die Tür hinter ihr und setzte sich wieder an den Schreibtisch. Charlotte Brontë maß ihn mit kritischem Auge:

– Ich habe mich noch nicht entschieden, ob Sie ein sympathischer oder ein antipathischer Scheißkerl sind, aber wie auch immer, Sie Mutterficker.

Mutterficker, meditierte er, was für ein angemessener Ausruf. Er bewegte ihn mit der Zunge im Mund herum wie ein Karamelbonbon, spürte seine Farbe und den lauwarmen Geschmack, ging in der Zeit zurück, bis er ihn in den Klos des Gymnasiums mit Bleistift zwischen erklärenden Zeichnungen, Einladungen und Versen und der Erinnerung an die Übelkeit nach den heimlichen Zigaretten fand, die er einzeln in der Papelaria Académica bei einer griechischen Göttin kaufte, die den Ladentisch mit ihren übergroßen Brüsten fegte und den leeren Statuenblick auf ihm verweilen ließ. Eine magere Frau mit unterwürfigem Aussehen stopfte in einer dunklen Ecke Laufmaschen, angekündigt durch ein mit der Schablone geschriebenes Schild im Schaufenster (LAUFFMASCHEN PERFECKT UND SCHNELL) wie die Schilder an den Gitterstäben im Zoologischen Garten, die auf die lateinischen Namen der Tiere hinweisen. Es roch beharrlich nach Stiften der Marke Viarco und nach Feuchtigkeit, und die Damen aus der Umgebung kamen mit ihren in Zeitungspapier eingewickelten Einkäufen vom Markt, um sich bei den hellenischen Damen unter traurigem Gemurmel über ihr eheliches Elend zu beklagen, das voller perverser Maniküren und Nachtclubfranzösinnen war, die ihre Männer verführten, indem sie die erfahrene Nacktheit ihrer Hüften zum aphrodisierenden Rhythmus des Mitternachtswalzers zusammenfalteten.

Der Schwarze, der im Hof onanierte, fing zur Erbauung der Krankenpflegerhelfer damit an, sich orgiastisch und ungeordnet zu winden wie ein loser Schlauch. Lárroseur arrosé. Unermüdlich griff Charlotte Brontë wieder an:

– Hören Sie mal, Sie Blödmann, kennen Sie die Besitzerin von dem hier?

Und nach einer Pause, die bezweckte, im Arzt die Schulpanik des Nichtwissens sich ausbreiten zu lassen, schlug sie mit Besitzerhand auf ihren Bauch:

– Das bin ich.

In ihrem Blick, der den Psychiater verachtete, tauchten plötzlich kleine metrische Striche im Abstand von zwei Dezimetern auf:

– Ich weiß nicht, ob ich Ihnen kündige oder Sie zum Direktor ernenne; das kommt drauf an.

– Das kommt drauf an?

– Das kommt drauf an, was mein Mann meint, der Dompteur von Bronzelöwen, Marquês de Pombal Sebastião de Melo. Wir verkaufen gezähmte Tiere an Statuen, bärtige Rentner aus Stein für Fontänen, unbekannte Soldaten, Lieferung frei Haus.

Der Mann hörte sie nicht mehr: Sein Körper behielt die diensteifrige, vermeintlich aufmerksame Fragezeichenrundung eines dritten Abfertigungsbeamten bei, die Stirn, in der alle geographischen Gegebenheiten seines Gesichts zusammenliefen wie Passanten zu einem Epileptiker, der sich eidechsengleich auf dem Bürgersteig windet, furchte sich mit aseptischem beruflichem Interesse, der Kugelschreiber wartete auf die dumme Anordnung einer endgültigen Diagnose, doch auf der Bühne der Gehirnwindungen folgten schwindelerregende, wirre Bilder aufeinander, in denen sich die Müdigkeit in den Morgen hineinzog, vom Geschmack der Zahnpasta auf der Zunge und der falschen Werbefrische des Rasierwassers bekämpft, eindeutige Zeichen, sofort instinktiv in der Wirklichkeit des Alltags mit den Armen zu rudern, ohne jeden Platz für den Purzelbaum einer Laune: Seine imaginären Zorro-Projekte zerrannen stets, bevor sie begannen, in dem melancholischen Pinocchio, der in ihm wohnte und ein zögerliches, aufgemaltes Lächeln unter der resignierten Linie seines wirklichen Mundes zeigte. Der Pförtner, der ihn jeden Tag mit beharrlichem Klingeln weckte, kam ihm wie ein Bernhardiner mit einem Fäßchen am Hals vor, der ihn, im Schneegestöber eines Alptraums dem Tode nahe, rettete. Und das Wasser der Dusche spülte ihm, wenn es von den Schultern herunterrann, den Angstschweiß einer hartnäckigen Verzweiflung von der Haut.

Seit er sich vor fünf Monaten von seiner Frau getrennt hatte, lebte der Arzt allein in einer Wohnung, die mit einer Matratze und einem stummen Wecker dekoriert war, der von Geburt an um sechs Uhr nachmittags gelähmt war, eine Miß- bildung, die ihm behagte, da er Uhren haßte, in deren Inneren die tachykardische Feder eines bangen Herzchens schlug. Der Balkon sprang direkt zum Atlantik hinunter, über die Roulette- tische des Casinos hinweg, um die herum sich alte Amerika- nerinnen vervielfältigten, die es müde waren, barocke Gräber von Königen zu fotografieren, und nun skelettös, mit der schau- rigen Gewagtheit abtrünniger Quäker die Sommersprossen im Dekolleté herzeigten. Wenn er auf den Bettüchern ausgestreckt dalag, ohne die Rolläden herunterzulassen, spürte der Psychia- ter, wie seine Füße das Dunkel des Meeres berührten, das we- gen der rhythmischen Erregung, die es bewegte, anders war als das Dunkel der Erde. Die Fabriken in Barreiro schickten den muskulösen Rauch der fernen Schornsteine ins Lila des Ta- gesanbruchs. Möwen ohne Kompaß stießen verblüfft mit den Spatzen der Platanen und den Tonschwalben der Fassaden zu- sammen. Eine Flasche Branntwein beleuchtete die leere Küche mit dem Votivlicht eines Zirrhoseglücks. Die Kleider lagen auf dem Boden verstreut, und der Arzt lernte, daß die Einsamkeit den sauren Geschmack von Alkohol ohne Freunde hatte, den man, an den Zink der Spüle gelehnt, direkt aus dem Fla- schenhals trinkt. Und er kam zu dem Schluß, indem er den Korken mit einem Schlag mit der flachen Hand wieder ein- setzte, daß er dem Kamel ähnlich war, das seinen Höcker vor der Durchquerung einer langen Dünenlandschaft füllt, die es am liebsten nie kennengelernt hätte.

In solchen Augenblicken, wenn das Leben obsolet und zerbrechlich wird wie Nippes, welche die Großtanten in den von einer Geruchsmischung aus Katzenpisse und Aufbausirup durchtränkten Zimmern verteilen, um so die winzige Monumentalität der familiären Vergangenheit wiederherzustellen wie Cuvier, als er schreckeneinflößende Saurier aus bedeutungslosen Nagelgliedersplittern schuf, kehrte die Erinnerung an die Töchter in sein Gedächtnis zurück, beharrlich wie ein Kehrreim, den er nicht loswerden konnte, klebte ihm wie ein Stück Heftpflaster am Finger und rief in seinem Bauch einen Eingeweideaufruhr mit Darmgrimmen hervor, in dem die Sehnsucht in einer Botschaft aus Winden ihr merkwürdiges Ventil findet. Die Töchter und das schlechte Gewissen, sich eines Nachts mit einem Köfferchen in der Hand davongemacht zu haben, als er die Treppen der Wohnung hinunterstieg, die er so lange bewohnt hatte, und ihm Stufe für Stufe bewußt wurde, daß er sehr viel mehr als nur eine Frau verließ, zwei Kinder und komplizierte Spinnweben aus stürmischen, jedoch angenehmen, geduldig ausgeschiedenen Gefühlen. Die Scheidung ersetzt heutzutage den Initiationsritus der ersten Kommunion: Die Gewißheit, den nächsten Morgen ohne die einvernehmlich geteilten Toastscheiben des gemeinsamen Frühstücks zu erleben (für dich das Weiche und für mich die Rinde), erfüllte ihn in der Eingangshalle mit Schrecken. Die traurigen Blicke der Frau verfolgten ihn die Treppe hinunter: Sie entfernten sich voneinander, so wie sie sich vor dreizehn Jahren an einem dieser Auguststrandtage, die aus wirren Wünschen und bangen Küssen gemacht waren, im gleichen wirbelnden, brennenden Rückstrom der Gezeiten einander angenähert hatten. Ihr Körper war trotz der Geburten jung und leicht geblieben, und das Gesicht hatte die Reinheit der Wangenknochen und die vollkommene Nase einer triumphalen Jugend behalten: Neben dieser schlanken, geschminkten Giacometti-Schönheit hatte er sich immer ungelenk und grob in seiner Hülle gefühlt, die in einem witzlosen Herbst zu vergilben begann. Es gab Zeiten, in denen es ihm ungerecht vorkam, sie zu berühren, als würde die Berührung seiner Finger grundloses Leid in ihr wecken. Und er verlor sich immer, trunken vor Liebe, zärtliche Worte in einem erfundenen Dialekt stotternd, zwischen ihren Knien.

Wann hat die Scheiße angefangen? fragte sich der Psychiater, während Charlotte Brontë unbeeindruckt mit ihrer grandiosen Lewis-Carroll-Rede fortfuhr. Wie jemand, der, ohne nachzudenken, die Hand auf der Suche nach dem Trinkgeld einer Antwort in die Tasche steckt, tauchte er den Arm in die Schublade der Kindheit, unerschöpflicher Überraschungskrimskrams, ein Motiv, von dem sein späteres Leben in matter Monotonie verschiedenste Abziehbilder machte, und holte rein zufällig, ganz deutlich in der muschelförmigen Handfläche, sich selber heraus, wie er als kleiner Junge auf dem Topf hockte, vor dem Spiegel des Kleiderschranks, in dem sich die Jackenärmel der Glencheckanzüge seines Vaters, ägyptisch anmutend im Profil aufgehängt, zu weichen Lianen vervielfachten. Ein kleiner blonder Junge, der abwechselnd drückt und beobachtet, dachte er, indem er den leeren Jahren einen Seitenblick gönnte, eine vernünftige Zusammenfassung der vorangegangenen Kapitel müßte lauten: Sie pflegten ihn stundenlang auf seiner Sèvrestasse aus Emaille sitzen zu lassen, in der das Pipi schüchterne Harfentonleitern klimperte, und er redete derweil mit sich selber, in den vier oder fünf Worten seines einsilbigen Vokabulars, das von Lautmalereien und den kleinen Schreien eines verlassenen Seidenäffchens vervollständigt wurde, während sich im Stockwerk darunter der Rüssel des Ameisenbärstaubsaugers raubtierhaft, von der Frau des

Hausmeisters geführt, deren herbstliches Aussehen durch das Ungemach von Gallensteinen betont wurde, die eßbaren Teppichfransen einverleibte. Wann hat die Scheiße angefangen? fragte der Arzt den Jungen, der sich mit seinem Gestotter ganz allmählich auflöste, um einem schüchternen Heranwachsenden mit Tintenflecken an den Fingern Platz zu machen, der an einer Ecke lehnte, die günstig war, um das gleichgültige und lachende Vorbeiziehen der Mädchen aus dem Gymnasium zu beobachten, deren Söckchen ihn mit wirren, aber heftigen Begierden erschütterten, die in einsamen Zitronentees in der benachbarten Pastelaria ertränkt wurden, wo er, bespitzelt durch die strenge Zensur des Wohlverhaltenskatechismus seiner Tanten, in einem Heft Sonette à la Bocage wiederkäute. Zwischen diesen beiden beginnenden Larvenstadien standen wie eine Galerie von Gipsbüsten Sonntagmorgen in menschenleeren Museen, die von Ölgemälden häßlicher Männer und stinkenden Spucknäpfen begrenzt wurden, in denen Husten und Stimmen wie nachts in der Garage widerhallten, regnerische Sommer in Thermalbädern, die in unwirklichem Nebel versunken waren, aus dem mühsam die Umrisse verwundeter Eukalyptusbäume herauswuchsen, und vor allem Opernarien im Radio, die er in seinem Kinderbett hörte, Duette schriller Beschimpfungen zwischen einer Sopranistin mit Fischfrauenlunge und einem Tenor, der sie, unfähig, ihr standzuhalten, am Ende heimtückisch an der Schlinge eines C mit unendlicher Lungenfülle erhängte und somit der Angst vor der Dunkelheit die Dimension eines vom Bleistift der Cellos geschriebenen Rotkäppchens verlieh. Die Erwachsenen hatten damals eine nicht zu leugnende, von ihren Zigaretten und ihren Zipperlein doppelt abgesicherte Autorität, diese beunruhigenden Damen und Buben eines finsteren Kartenspiels, deren Plätze am Tisch anhand der Position der Arzneimittelschachteln erkennbar waren: Durch das subtile politische Manöver, daß sie mich badeten, während ich sie meinerseits nie nackt sah, von ihnen abgesondert, fand sich der Psychiater mit der Rolle des Beinahstatisten ab, die sie ihm zugedachten, saß am Fußboden des Zimmers mit den Bauklotzspielen, die sie ihren Vasallen als Zerstreuung zubilligten, während er sich nach der Grippe sehnte, die die kosmische Aufmerksamkeit dieser Titanen von der Zeitung zu ihm lenken und sie plötzlich in schlaflose Nächte mit Thermometern und Spritzen verwandeln würde. Der Vater, dem der Duft nach Brillantine und Pfeifentabak vorausging, eine Kombination, die für ihn viele Jahre lang das magische Symbol sicherer Männlichkeit war, trat mit gezückter Spritze ins Zimmer und drückte, nachdem er die Hinterbacken mit dem nassen Wattebauschrasierpinsel gekühlt hatte, eine Art flüssigen Schmerz in sein Fleisch, der sich zu einem stechenden Stein verdichtete: Als Entschädigung gaben sie ihm leere Penicillinfläschchen, denen die Spur eines therapeutischen Duftes entwich, so wie durch die Türritzen verschlossener Dachböden das Aroma von Schimmel und Lavendel vergangener Verstorbener drang.

Aber er, er, ER, wann hatte bei ihm die Scheiße angefangen? Er blätterte rasch die Kindheit seit dem fernen September der Geburtszange durch, die ihn aus dem uterinen Aquariumsfrieden herausgeholt hatte, wie jemand einen gesunden Zahn aus der Behaglichkeit des Gaumens reißt, er verweilte bei den langen, vom geblümten Morgenmantel der Großmutter beleuchteten Monaten in der Beira, Dämmerungen auf dem Balkon über dem Gebirge, wo er dem leisen, monotonen Fieber der Grillen lauschte, abschüssige Felder, die von Eisenbahnlinien durchzogen waren, die den herausstehenden Adern auf dem Handrücken glichen, er übersprang die langweiligen, dialoglosen Seiten einiger Sterbefälle alter, entfernter Cousinen, die, vom Rheuma zu Hufeisenverbeugungen gekrümmt, mit den weißen Haarsträhnen die Gichtbeulen der Knie berührten, und bereitete sich gerade darauf vor, mit psychoanalytischer Lupe in der Faust die angsterfüllten Wechselfälle seiner sexuellen Premiere zwischen einer Flasche Permanganat und einer zweifelhaften Bettdecke zu erforschen, die neben dem Kopfkissen noch den Yetiabdruck der Sohle seines Vorgängers aufwies, der zu sehr in Eile gewesen war, als daß er sich mit dem lächerlichen Detail der Schuhe aufhalten konnte, oder zu schamhaft, um auf diesem Altar des Trippers die Socken auszuziehen, als Charlotte Brontë ihn in die augenblickliche Wirklichkeit des Krankenhausmorgens zurückholte, indem sie ihn mit beiden Händen an den Jackenaufschlägen schüttelte und dabei mit den geschickten Nadeln eines unerwarteten Mezzosoprans den dicken freiheitlichen Wollfaden der Marseillaise mit der lokalpatriotischen Strickarbeit eines Fado Alexandrino verwob. Ihr Mund, rund wie ein Serviettenring, zeigte ganz hinten die zittrige Träne des Zäpfchens, das wie ein Pendel im Rhythmus ihrer Schreie ausschlug, ihre Augenlider gingen über den scharfsichtigen Pupillen wie Theatervorhänge zu, die aus Versehen mitten in einem kunstvoll ironischen Brecht herunterrauschen. Die Nylonfäden der Sehnen im Nacken spannten sich vor Anstrengung unter der Haut, und der Arzt dachte, es sei so, als wäre plötzlich Fellini in eines dieser schönen gelähmten Dramen von Tschechow hereingebrochen, in denen gasförmige Möwen vor zurückgehaltenem Schmerz hinter der zitternden Flamme eines Lächelns verendeten, und daß jenseits der Tür die Angestellten beginnen würden, sich dienstfertig zu beunruhigen, weil sie glaubten, er sei am schwarzen Gummi eines Strumpfbandes erhängt worden. Charlotte Brontë, die die Nase voll hatte, hockte sich auf den Thron der Krankenliege wie jemand, der aus eigenem Antrieb zum unnachgiebigen Stolz des Exils zurückkehrt.

– Sie riesengroßes Arschloch, artikulierte sie im zerstreuten Tonfall einer Fünfzigjährigen, die mit den Freundinnen redet und dabei die Strickmaschen zählt.

Der Psychiater beeilte sich, diese günstige Stimmungslage auszunutzen, um heimlich in den Schützengraben des Verbandszimmers zu fliehen. Eine Krankenschwester, die er schätzte und deren ruhige Freundschaft mehr als einmal die zerstörerischen Triebe seiner Seebebenwutanfälle besänftigt hatte, bereitete friedlich die Medikamente für das Mittagessen vor, schüttete identische Smarties auf ein Tablett voll kleiner Plastikgläser.

– Deolinda, sagte er zu ihr, ich bin ganz unten angekommen.

Sie schüttelte ihr spitzes, gütiges Schildkrötengesicht:

– Ist denn dieser Abstieg nie zu Ende?

Der Arzt hob in pathetischem Bibelflehen die Manschettenknöpfe zur abgeschuppten Mörteldecke, in der Hoffnung, daß die absichtliche Theatralik einen Teil seines wahren Leidens verbergen würde.

– Sie stehen (hören Sie mir gut zu) zu Ihrem Glück und meinem Unglück vor dem größten Höhlenforscher der Depression: achttausend Meter ozeanische Traurigkeitstiefe, Schwärze glibbrigen Wassers ohne Leben, nur das eine oder andere sublunare Monster mit Fühlern, und all das ohne Unterseeboot, ohne Taucherausrüstung, ohne Sauerstoff, was ganz offensichtlich heißt, daß ich mich in der Agonie befinde.

– Warum gehen Sie nicht nach Hause? fragte die Krankenschwester, die ein praktisches Gefühl fürs Leben und die unerschütterliche Gewißheit hatte, daß, auch wenn die gerade Linie nicht zwangsläufig der kürzeste Weg zwischen zwei Punkten sein mag, sie doch zumindest zur Entlabyrinthisierung verschlungener Geister anzuraten ist.

Der Psychiater nahm das Telefon und bat um eine Verbindung zu dem Krankenhaus, in dem ein Freund arbeitete: Für mich ist der Augenblick gekommen, mich an etwas festzuklammern, beschloß er.

– Weil ich nicht weiß, weil ich nicht kann, weil ich nicht will, weil ich den Schlüssel verloren habe, erklärte er der Krankenschwester und wußte dabei genau, daß er log.

Ich lüge, und sie weiß, daß ich lüge, und ich weiß, daß sie es weiß und es ohne Ärger oder Sarkasmus akzeptiert, stellte der Arzt fest. Hin und wieder haben wir das Glück, auf einen Menschen wie sie zu stoßen, der uns nicht trotz unserer Fehler mag, sondern mit ihnen, in einer zugleich mitleidslosen und brüderlichen Liebe, Reinheit von Bergkristall, Morgenröte im Mai, Velazquezrot.

– Hören Sie, sagte der Arzt, indem er die Telefonmuschel mit dem Ärmel abdeckte, ich kann Ihnen überhaupt nicht sagen, wie sehr ich Ihnen dafür danke, daß es Sie gibt.

In diesem Augenblick kam klein die Stimme des Freundes ans Telefon, die vorsichtig formulierte:

– Wer spricht da bitte? (Er stellte sich eine zarte Zange vor, die sanft irgend etwas Zerbrechliches, Kostbares aufnahm.)

– Ich bin es, antwortete er schnell, denn er spürte, daß er begann, gerührt zu sein. Ich bin ganz unten angekommen, am untersten Grund, ich könnte dich brauchen.

Der Stille des Telefons entnahm er, daß sein Freund im Kopf die Termine des heutigen Tages abspulte.

– Ich kann ein Mittagessen absagen, verkündete er schließlich, wir könnten in eines dieser Freßlokale gehen, die du frequentierst, und während des Hamburgers schüttest du mir dann dein Herz aus.

– Um ein Uhr in den Galerias, beschloß der Psychiater, während er mit dem Blick die Krankenschwester verfolgte, die mit dem Tablett voller roter, gelber und blauer Körnchen, die in ihren Plastikgefäßen zitterten, hinausging. Und vielen Dank.

– Um ein Uhr, bestätigte der Freund.

Der Arzt legte den Hörer schnell genug auf die Gabel, um das Geräusch, mit dem sich der Apparat abschaltet, nicht mehr zu hören, dieses unnötige, schmerzliche Klicken, das ihn an bittere Diskussionen erinnerte, die von fehlender Achtung und von Eifersucht genährt waren. Er richtete seine Krawatte, die Charlotte Brontë verrückt hatte, und suchte dabei nach der Stelle, an der sich die beiden Enden des Hemdkragens treffen, als der Gebiß-Napoleon, mit Hunderten von Backenzähnen klappernd, ihn davon in Kenntnis setzte, daß er in die Notfallstation gerufen wurde. Aus dem Badezimmer gegenüber stürzte ein halbnacktes Mädchen heraus, das einen Strauß zerfetzter Zeitungen fest im Arm hielt.

– Man sollte bei Nélia andere Saiten aufziehen, meinte der Korse mit der Ausbaukinnlade. Die ist nicht mehr zu ertragen. Sie hat mir eben noch gesagt, sie würde gern mein Blut im Sturzbach den Flur der Station runterfließen sehen.

– Ihre Hinterbacken sind ganz knotig von den Spritzen, verteidigte sie der Arzt. Was soll ich denn mit ihr machen? Außerdem, finden Sie nicht, daß die Vorstellung, Ihr Blut vergossen zu sehen, poetisch ist? Ein Ende wie Cäsar, was wollen Sie mehr?

Und er fügte mit einem vertraulichen Wispern hinzu:

– Was halten Sie von gewaltsamem Tod, Oberschwester? Vielleicht gibt man einem Flügel des Krankenhauses Ihren Namen: Schließlich ist ja auch Miguel Bombarda durch einen Schuß gestorben.

Von weitem schickte ihnen Nélia die obszönste Geste aus ihrem elementaren Repertoire einer Nonnenschule herüber: Ein paar Zeitungen fielen ihr in der Nähe einer Angestellten herunter, die den Boden bohnerte, indem sie eine Maschine lenkte, die die Cousine eines Rasenmähers sein konnte und augenblicklich die Nachrichten mit dem schnurrenden Appetit einer Boa verschlang, drei- oder viermal hustete, Schluckauf bekam und in einer spektakulären Kino-King-Kong-Agonie gegen die Wand gelehnt stehenblieb. Der Napoleon eilte, auf Pantoffeln schlitternd, zu ihr hin wie zu einem kranken Kind: Der Psychiater überlegte noch, ob sie wohl verzweifelt eine Mund-zu-Loch-Beatmung versuchen würde, und drehte ihr, weil ihn dieser Akt widernatürlicher Liebe ärgerte, den Rücken zu.

– Ist der Polierroboter gut im Bett? fragte er die Krankenschwester, die ohne Smarties wieder zurückkam, in den Fäusten das Tablett ohne den zittrigen Zauber der Pillen.

– Je besser man die Männer kennt, um so mehr lernt man die Haushaltsgeräte schätzen, war ihre Antwort. Ich lebe in wilder Ehe mit einem Zweiflammenherd, und wir sind glück-

lich. Schade ist nur, daß er die stählerne Lunge einer Gas-
flasche braucht.

– In einem Irrenhaus, wo sind da die Irren? ließ der Arzt
nicht locker. Warum schleppen wir uns hier herum, wir, die wir
noch die tägliche Ausgehgenehmigung haben, wenn wöchent-
lich ein Schiff nach Australien fährt und es Bumerangs gibt,
die nicht an ihren Ausgangspunkt zurückkehren?

– Ich bin zu alt, und Sie sind zu jung, erklärte die Krankenschwester. Und die Bumerangs kehren am Ende immer wieder
zurück, auch wenn sie nachts auf Zehenspitzen mit einem leisen, schamhaften Pfeifen daherkommen.

Zurückkehren, dachte der Psychiater, indem er das Wort
langsam wiederholte wie ein Bauer, der nachmittags in einem
Kornfeld seine Zigarette dreht, zurückkehren, die Tür mit der
literarischen Einfachheit des sanften Wunders öffnen und
lächelnd verkünden, Da bin ich wieder. Wie ein Onkel aus
Amerika zurückkehren, ein Sohn aus Brasilien, einer, den das
Wunder von Fátima geheilt hat, die siegreichen Krücken ge-
schultert, noch von der Vision einer himmlischen Handleserin
erleuchtet, die auf der Bühne eines Hohlwegs biblische Tricks
geschickt in Szene setzte. Zurückkehren, wie er vor ein paar
Jahren aus dem Krieg in Afrika um sechs Uhr morgens zu einem Monat heimlichen Glücks in eine schräge Mansarde zurückgekehrt war, sich von Straße zu Straße im Taxi davon
überzeugt hatte, daß sich während seiner Abwesenheit nichts
geändert hatte, das Land schwarzweiß mit geweißten Wänden
und schwarzgekleideten Witwen, mit Statuen von Königsmör-
dern, die ihre Carbonarierarme auf Plätzen hoben, die zu gleichen Teilen von Rentnern und Tauben bewohnt waren, denen
die Freude eines Höhenfluges längst abhanden gekommen war.

Das Gefühl, den Schlüssel verloren zu haben, obwohl er ihn im Handschuhfach des Autos zwischen ölverschmierten Papieren und Röhrchen mit Schlaftabletten verwahrte, ließ ihn die haltlose Angst vollkommener Einsamkeit erleben: Etwas Unbekanntes, das seine Gesten verzerrte, hinderte ihn daran, die Nummer zu wählen, die im Telefonbuch nach seinem Namen stand, und die Frau, die er liebte und die ihn liebte, um Hilfe zu bitten. Die Grausamkeit dieser Unfähigkeit stieg ihm als Säurenebel in die Augen, der genauso schwierig zu unterdrücken war wie der Wirbel eines Rülpsers. Die Finger der Krankenschwester berührten ihn leicht am Ellenbogen:

– Wahrscheinlich, sagte sie, gibt es immer wieder mal einen Bumerang, der nicht zurückkehrt. Und dennoch gelingt es ihnen, sich an der Oberfläche zu halten.

Und dem Psychiater war, als hätte er gerade eine Art endgültige Letzte Ölung erhalten.

Als er die Treppen zur Notaufnahme hinunterging, erkannte er in der Ferne, bei dem nach Nagellack riechenden Sakristeihalbdunkel des Büros der Sozialarbeiterinnen, häßlicher, trauriger Kreaturen, die selbst dringend Hilfe benötigten, eine strategisch in den Höhlungen der benachbarten Türen verborgene Gruppe von Arzneimittelvertretern, bereit, die nichtsahnenden Jünger Äskulaps, unschuldige Opfer ihrer aufgedrängten Freundlichkeit, mit wortreichen und manchmal tödlichen Sturzfluten zu überfallen. Der Psychiater empfand sie wegen ihrer übermäßig höflichen und gutgekleideten Wortgewandtheit als Verwandte der Autoverkäufer, Bastardbrüder, die sich aufgrund einer obskuren chromosomalen Verirrung von der Herkunftslinie der Natriumlichtscheinwerfer ab- und den Salben gegen Rheuma zugewandt hatten, ohne jedoch der unermüdlich eilfertigen Lebhaftigkeit des Ursprungs verlustig zu gehen. Ihn verblüffte, daß diese Stehaufmännchen des Wohlverhaltens, Besitzer von dicken Aktentaschen, die das Geheimnis enthielten, wie aus rachitischen Buckligen Champions des Dreisprungs zu machen war, ihm zuhauf die Aufmerksamkeiten der Heiligen Drei Könige zuteil werden ließen, als kostbare Gaben Plastikkalender mitbrachten, die sich für die Antisyphilis-Präservative »Donald« stark machten, den Erzfeind des Bevölkerungswachstums, der sich weich anfühlte und am unteren Ende eine Krone aphrodisierender

Härchen besaß, Schachspiele aus Pappe, die auf allen Spielfeldern diskret die Meriten des gedächtnisfördernden Sirups »Einstein« priesen (drei Geschmacksrichtungen: Erdbeere, Ananas und Lendensteak), und Brausetabletten, die den Durchfall zukorkten, dem Sodbrennen jedoch die Zügel schießen ließen und so die Bauchkranken zwangen, sich mit dem Brennen im Magen zu beschäftigen, ein Ablenkungsmanöver, das dem in kleinen therapeutischen Schlucken am Tresen der Pastelarias getrunkenen Viertelliter Água das Pedras zugute kam. Die Doktoren entrannen ihren grausamen Zangen, unter dem Gewicht von Broschüren und Proben schwankend, schwindlig von den mit chemischen Formeln, Einnahmehinweisen und Nebenwirkungen gespickten Redeschwällen, und einige brachen, die Pillenspucketröpfchen des letzten Atemzuges ringsum versprühend, nach dreißig oder vierzig Metern zusammen. Ein gleichgültiger Angestellter fegte, Totengräbergrabesläuten grummelnd, ihre klinischen Reste ins Massengrab eines verbeulten Mülleimers.

Der Arzt kam, den Schutz von zwei Polizisten ausnutzend, die einen würdigen Alten mit dem Gesicht eines Notariatsbürovorstehers eskortieren, der in die wirren Stoffteile einer Zwangsjacke gewickelt war, heil an der bedrohlichen Bande der Pharmavertreter vorbei, die ihn mit dem Sirenengesang gleichzeitigen Lächelns lockten, das wie ein Akkordeon die dienstfertigen Wangen faltete: Demnächst, dachte er, ertränken die mich in einer Flasche der antibiotischen Suspension »Amigdal«, wie mein Vater, der, warum habe ich das nie begriffen, im verschließbaren Teil des Regals in einer Röhre mit Alkohol eine Tausendfüßlerleiche als Jagdtrophäe verwahrte, und verkaufen mich dann, verschrumpelt wie eine Fehlgeburt, an die medizinische Fakultät, um mich in der Horrorschau der Anatomie auszustellen, einer Mischung aus wissenschaftlicher Schlachterei und Geisterbahn, in der Skelette an vertikalen Eisen hängen wie welke Topfnelken, die ihre Mutlosigkeit mit Rohrstöcken stützen, und einander mit den leeren Blicken von Reservesoldaten mustern.

Im Schutz der Ehrenjungfern des Notariatsbürovorstehers, dessen Schnurrbart vor autoritärer Schüchternheit zitterte, kam der Psychiater unversehrt an einem Alkoholiker vorbei, einem Insassen, der zu seinen Bekannten gehörte und ihm jeden Morgen beharrlich haarklein von unendlichen ehelichen Streitereien erzählte, in denen die Argumente durch lebhafte Feldschlachten mit Töpfen ersetzt wurden (Also, Scheiße auch, Mann, da hab ich ihr einen über den Kopf gebraten, hör mal, Doktor, da hat sie mir hinterher 'ne Woche lang Brillantine gespuckt), an einer spillerigen Dame, die Sekretärin war und in Panik vor dem Sperma ihres Ehemannes lebte und ihn ängstlich über die vergleichbare Wirksamkeit von zweihundertsiebenundzwanzig verschiedenen Verhütungsmitteln auszufragen pflegte, und an einem Kranken mit dem biblischen Bart eines Teichneptuns, der eine begeisterte Bewunderung für ihn hegte, die sich in gebrüllten Lobgesängen äußerte, alle von den Ammen der Zwangsjacke in respektvollem Abstand gehalten, einander den jeweiligen Knoblauchatem in die haarigen Ohren flüsternd. Er kam am Büro des Zahnarztes vorbei, dieses Gaumenentvölkerers, der jaulend gegen einen hartnäckigen Backenzahn kämpfte, und glaubte sich bereits wunderbar unversehrt bei der Notaufnahme angelangt, einer Tür aus trübem Glas, die ihm wie die Stofffahne bei der Ankunft eines Radrennens winkte, als ein perverser Finger ihn herrisch zwischen den Schulterblättern berührte, zwei herausragenden, dreieckigen Knochen, die aufgrund ihrer Form seine Vergangenheit als Engel bezeugten, die er aus bescheidener Scham wegen seiner göttlichen Abstammung unter dem Tuch des Jacketts verbarg, ähnlich wie die Hochwohlgeborenen in gönnerhaft sozialem Zugeständnis an eine Welt voller Silvas am Ende eines Mittagessens rülpsen.

– Mein Bester, fragte eine Stimme hinter seinem Rücken, was halten Sie von der Verschwörung der Kommunisten?

Die Polizisten, die damit beschäftigt waren, den Notariatsbürovorsteher vorsichtig zu transportieren wie Umzugspacker ein kostbares Piano, das ohne Unterlaß die von falschen Tönen durchlöcherte Sonatine seines Größenwahns spielt, verließen den Arzt niederträchtigerweise beim Archiv, wo eine kurzsichtige Dame lebte, deren Brillengläser dick wie Briefbeschwerer waren und ihre Augen zu gigantischen, haarigen Insekten mit riesigen Wimpernbeinen vergrößerten, und lieferten ihn einem kurzgewachsenen Kollegen aus, der im Cheviotteich seines Mantels trieb und seinen Tirolerhut fest auf den Kopf gerammt hatte wie einen Korken, den man in einen Flaschenhals treibt, um das stürmische Herausdringen der Kohlensäurebläschen seiner Gedanken zu verhindern, was allerdings nicht gelang. Der Kollege brachte den Haken seiner Hand an die Oberfläche, und anstatt um Hilfe zu winken, hängte er sich wie ein ungeduldiger Schiffbrüchiger, der sich aus Versehen an eine blaue Wasserschlange mit weißen Pünktchen klammert, an seine Krawatte, deren Knoten in seiner Faust weich und träge aufging wie ein Schnürsenkel. Der Psychiater dachte, daß ihn an diesem Tag scheinbar alle von einem der letzten Geschenke trennen wollten, die ihm seine Frau in dem nutzlosen Unterfangen gemacht hatte, sein Aussehen eines in der steifen Pose eines Jahrmarktsfotos eingefrorenen Provinzbräutigams zu verbessern: Seit seiner Jugend besaß er den an die Asymmetrie seiner Gesichtszüge gehefteten unechten, traurigen Ausdruck der toten Verwandten aus den Fotoalben, deren Lächeln vom Jod der Zeit aufgelöst worden war. Meine Liebste, sagte er in seinem Inneren, während er die Krawatte abtastete, ich weiß, daß dies weder Erleichterung bringt noch weiterhilft, aber von uns beiden war ich derjenige, der nicht zu kämpfen gewußt hat: Und ihm fielen die langen Nächte auf dem Strand der zerwühlten Bettlaken ein, seine Zunge, die langsam die Umrisse ihrer Brüste nachzeichnete, die im ersten Licht der Morgenröte von einem Netzwerk von Adern beleuchtet wurden, der am Typhus erkrankte Dichter Robert Desnos, der, als er in einem deutschen Kriegsgefangenenlager im Todeskampf lag, murmelte, Es ist dies mein morgendlichster Morgen, die Stimme von John Cage, der immer wieder sagte, Every something is an echo of nothing, und die Art, wie ihr Körper sich wie eine Muschel öffnete, um ihn zu empfangen, und erbebte wie die von einem unsichtbaren, ruhigen Wind bewegten Nadeln auf den Wipfeln der Kiefern. Der kleine Kollege nötigte ihn, während die Feder auf dem Tirolerhut ausschlug wie der Zeiger eines Geigerzählers, der Erz gefunden hat, an einer Ecke der Wand zu stranden, ein kranker Krebs, gefangen durch die Beharrlichkeit eines hartnäckigen Krabbenfischers. Die Glieder im Mantel hüpften in Brownschen Bewegungen ziellos wie Fliegen in einem Sonnenfleck im Keller umher, die Ärmel vervielfältigten sich in den betroffenen Gesten eines heiligen Redners:

– Die Kerle machen Fortschritte, was, die Kommunisten?

In der vorangegangenen Woche hatte der Arzt gesehen, wie er in der Hocke unter der Tischplatte Mikrophone des KGB suchte, die jederzeit die entscheidenden Botschaften seiner Diagnosen nach Moskau übermitteln würden.

– Die machen Fortschritte, da können Sie Gift drauf nehmen, meckerte der Kollege und kreiselte vor Erregung. Und diese Verbrecher, die Militärs, das gemeine Volk, die Kirche, keiner rührt sich, die machen sich vor Angst in die Hosen, machen mit, stimmen zu. Was mich betrifft (und meine Frau weiß das), so wird der erste, der mein Haus betritt, einen Schuß aus dem Jagdgewehr zwischen die Hörner kriegen. Aber hallo! Haben Sie schon die Plakate gesehen, die sie im Flur aufgehängt haben, mit dem Bild von Marx, diesem Catitinha der Ökonomie, wie er seinen Backenbart über uns ausschüttet?

Und, indem er noch näher rückte, vertraulich:

– Ich habe das Gefühl, daß Sie dem nahestehen, wenn Sie nicht sogar dazugehören, aber Sie waschen sich wenigstens, Sie sind korrekt, Ihr Vater ist Professor hier. Sagen Sie mal: Können Sie sich vorstellen, mit einem Tischler an einem Tisch zu essen?

In meiner Kindheit, dachte der Psychiater, waren die Menschen in drei streng voneinander getrennte, nicht vermischbare Kategorien aufgeteilt: die der Dienstmädchen, Gärtner und Chauffeure, die in der Küche aßen und aufstanden, wenn wir vorbeikamen, die der Nähfrauen und Kindermädchen, die Anrecht auf einen Extratisch hatten und denen die bevorzugte Behandlung zuteil wurde, eine Papierserviette zu bekommen, und die Kategorie der Menschen, die der Familie angehörten, die das Eßzimmer besetzten und christlich über das Wohlergehen ihrer Muschiken wachten (»das Personal« nannte sie meine Großmutter), indem sie ihnen gebrauchte Kleidung, Uniformen und ein zerstreutes Interesse an der Gesundheit ihrer Kinder schenkten. Es gab noch eine vierte Spezies, die der »Kreaturen«, zu denen Friseusen, Maniküren, Tippsen und die Stieftöchter von Sergeanten gehörten, welche die unserem Stamm angehörenden Männer umkreisten, um sie herum die sündigen Spinnennetze ihrer magnetisierenden Seitenblicke webten. Die »Kreaturen« »heirateten« nicht, »sie ließen sich im Standesamt eintragen«, sie gingen nicht zur Messe, verschwendeten keinen Gedanken an das drängende Problem der Bekehrung Rußlands: Sie widmeten ihr dämonisches Leben Lüsten, die ich nicht recht verstand und die in dritten Stockwerken ohne Fahrstuhl praktiziert wurden, aus denen meine Onkel heimlich mit dem Lächeln einer wiedererlangten Jugend zurückkehrten, während die Weibchen des Klans sich in der Kirche mit geschlossenen Augen und heraushängender Zunge zur Kommunion begaben, Chamäleons, die sich anschickten, in mystischer Gier Mückenhostien zu verschlingen. Hin und wieder, während der Mahlzeit, wenn der Psychiater, damals noch ein kleiner Junge, mit offenem Mund kaute oder die Ellenbogen auf dem Tisch aufsetzte, wies der Großvater mit kategorischem Zeigefinger auf ihn und sagte düster:

– Du wirst in den Händen der Köchin enden wie der Truthahn.

Und die darauffolgende schreckliche Stille verbürgte mit ihrem Prägesiegel die drohende Katastrophe.

– Antworten Sie, befahl der Kollege. Können Sie sich vorstellen, mit einem Tischler an einem Tisch zu essen?

Der Arzt kam mühsam zu ihm zurück wie jemand, der ein

Bild in einem verstellten Mikroskop justiert: Von der Spitze einer Pyramide aus Vorurteilen herab betrachteten ihn vierzig bourgeoise Generationen.

– Warum nicht? sagte er, indem er die Herren mit Spitzbart und die rundum rundlichen Damen mit üppigem Busen herausforderte, die sich mühevoll, von Hosenträgern und den Korsettstäben aus Walbarten gestört, miteinander zu einem komplexen Häkelwerk gekreuzt hatten, um am Ende eines Jahrhunderts ehelicher Pflichten einen Nachkommen zu zeugen, der zu derart undenkbaren Revolten wie der eines künstlichen Gebisses fähig war, das, um den eigenen Herrn zu beißen, aus dem Wasserglas heraushüpfte, in dem es nachts lächelte.

Der Kollege wich entgeistert zwei Schritte zurück:

– Warum nicht? Warum nicht? Mann, Sie sind ein Anarchist, ein Randständiger, Sie paktieren mit dem Osten, Sie sind für die Übergabe der Überseeprovinzen an die Neger.

Was weiß dieser Kerl von Afrika, fragte sich der Psychiater, während der andere, ein Hurrapatriot des Salazarregimes, sich mit empörten spitzen Schreien entfernte und dabei versprach, eine Laterne auf dem Boulevard für ihn zu reservieren, was weiß dieser fünfzigjährige Esel vom Krieg in Afrika, in dem er weder gestorben ist noch gesehen hat, wie andere starben, was weiß dieser Kretin von den Verwaltern der Militärposten, die Eiswürfel in den Anus der Schwarzen einführten, die ihnen mißfielen, was weiß dieser Dummkopf von der Qual, zwischen dem entwurzelten Exil und der absurden Idiotie sinnlosen Schießens wählen zu müssen, was weiß dieser Schwachkopf von den Napalmbomben, von den schwangeren Mädchen, die von der Pide totgeschlagen wurden, von den Minen, die unter den Rädern der Lastwagen zu Feuerpilzen erblühten, von der Sehnsucht, von der Angst, von der Wut, von der Einsamkeit, von der Verzweiflung? Wie immer, wenn er sich an Angola erinnerte, stiegen ihm plötzlich ungeordnete Gedanken von den Eingeweiden in den Kopf, heftig wie zurückgehaltene Tränen: die Geburt seiner älteren Tochter, die vom Funkgerät silbenweise zu dem Kommando, in dem er sich gerade befand, durchgegeben wurde, das erste goldene Äpfelchen seines Spermas, lange Nachtwachen auf der improvisierten Krankenstation, die er über die Todeskämpfe der Verwundeten gebeugt verbracht hatte, wie er erschöpft hinausging, es dem Fähnrich überließ, das Gewebe zusammenzunähen, um dann draußen unvermittelt eine unendliche Weite unbekannter Sterne zu sehen, während seine Stimme in ihm immer wieder sagte, Dies ist nicht mein Land, dies ist nicht mein Land, dies ist nicht mein Land, die Ankunft des Postflugzeuges und der frischen Lebensmittel jeden Mittwoch, die subtile und unendlich weise Geduld der Luchazi, der Schweiß der Malaria, der die Nierengegend mit Gürteln klebriger Feuchtigkeit bedeckte, seine Frau, die mit dem Baby, das überraschend grüne Augen hatte, aus Lissabon kam, um mit ihm in den Busch zu reisen, ihr beinahe mulattischer Mund, der eßbar auf dem Kopfkissen lächelte. Magische Namen: Quito-Quanavale, Zemza do Itombe, Narriquinha, die Ebene von Cassanje, von den hohen Wimpern der Sonnenblumen bedeckt an Morgen, die rein waren wie Knochen aus Licht, Bailundos, die mit Fußtritten zu den Farmen im Norden getrieben wurden, São Paulo de Luanda, das, an die Muschelschale der Bucht gelehnt, den Stadtteil Areeiro nachahmte. Was weiß dieser Idiot von Afrika, fragte sich der Psychiater, außer den zynischen, dummen, immer wiederholten Argumenten der Acção Nacional Popular und der Priesterseminarsreden der mentalen Stiefel Salazars, einer als Mann verkleideten Jungfrau ohne Uterus, Sohn zweier Domherren, wie ein Kranker mir einmal erklärt hat, was weiß ich schon, der ich siebenundzwanzig Monate lang auf Kosten der Multinationalen in Angst im Stacheldrahtverhau gelebt habe, ich habe meine Frau beinahe an der Malaria sterben sehen, ich habe das gemächliche Fließen des Dondo erlebt, ich habe eine Tochter im Malanje der Diamanten gemacht, ich habe die kahlen Hügel von Dala-Samba umrundet, die oben mit den Palmentuffs der Gräber der Ginga-Könige bewachsen sind, ich bin mit einer Zwangsuniform auf dem Körper aufgebrochen und zurückgekehrt, was weiß ich von Afrika? Das Bild seiner Frau, die ihn zwischen den Mangobäumen von Marimba erwartete, in denen bis zur Dämmerung unzählige Fledermäuse hausten, tauchte unvermittelt auf wie der plötzliche Schmerz einer heftigen Sehnsucht, die körperlich war wie explodierende Eingeweide. Ich liebe dich so sehr, daß ich dich nicht zu lieben weiß, ich liebe deinen Körper und was in dir nicht dein Körper ist so sehr, daß ich nicht verstehe, wieso wir uns mit jedem Schritt verlieren, wo ich dir mit jedem Schritt begegne, wo ich doch, immer wenn ich dich geküßt habe, mehr geküßt habe als das Fleisch, aus dem du gemacht bist, wo unsere Ehe an Jugend gestorben ist wie andere an Alter, wo in der Zeit nach dir meine Einsamkeit von deinem Duft anschwillt, von der Begeisterung deiner Vorhaben und der Rundheit deiner Hinterbacken, wenn ich vor Zärtlichkeit ersticke, über die ich nicht sprechen kann, hier in diesem Augenblick, meine Liebste, verabschiede ich mich und rufe dich und weiß, daß du nicht kommen wirst, und wünsche mir, daß du kommst, wie der Blinde auf die Augen wartet, die er per Post bestellt hat, von dem einst Molero erzählte.

In der Notaufnahme wirken die Insassen in ihren Schlafanzügen so, als würden sie in der Helligkeit der Fenster wie Unterseereisende zwischen zwei Wassern schwimmen, mit Gesten, die vom tonnenschweren Gewicht der Arzneien verlangsamt sind. Eine Alte im Hemd, die den letzten Selbstporträts von Rembrandt ähnelte, schwebte, einem lahmen Vogel gleich, der den Windschaum seiner Knochen verliert, über ihrem Hocker. Schläfrige Trunkenbolde, die der Tresterschnaps in kaputte Seraphim verwandelte, stolperten durch die Luft: Nacht für Nacht ließen die Polizei, die Feuerwehr oder die Empörung der Familie wie auf einer allerletzten Müllkippe diejenigen hier zurück, die vergebens versuchten, Sand ins Getriebe der Welt zu schütten, indem sie die nachgemachten Stilmöbel ihres Zimmers zertrümmerten und merkwürdige, unsichtbare Tiere fanden, die sich in den Wänden festgesetzt hatten, die Nachbarn mit dem Brotmesser bedrohten oder das kaum merkliche Pfeifen der Marsmenschen hörten, die sich ganz allmählich wie die Bürokollegen kleiden, um den restlichen Galaxien die bevorstehende Ankunft des Antichrists zu verkünden. Es gab auch welche, die ganz allein vorstellig wurden und, matt vor Hunger, gegen ein Bett, in dem sie schlafen konnten, der Spritze die Hinterbacke darboten, Stammkunden, die der Pförtner wegschickte, den Arm herrisch ausgestreckt wie die Statue von Marschall Saldanha, der seinen auf die Bäume des Campo de Santana gerichtet hatte, wo die Dunkelheit sie zu einem Nebel von sich umarmenden Körpern verschmolz. Hier hinein, dachte der Arzt, mündet das letzte Elend, die absolute Einsamkeit, was wir an uns selber nicht ertragen können, die verborgensten und beschämendsten unserer Gefühle, die wir bei den anderen Verrücktheit nennen, die aber letztlich unsere eigene ist, vor der wir uns schützen, indem wir sie mit Etiketten versehen, hinter Gittern zusammenpferchen, mit Pillen und Tropfen nähren, damit sie weiterbesteht, der wir am Wochenende Ausgang geben und sie auf den Weg in eine »Normalität« bringen, die wahrscheinlich nur darin besteht, das Leben auszustopfen. Wenn man sagt, daß die Psychiater verrückt sind, überlegte er, während er, die Hände in den Taschen, die Tresterschnapsseraphim beobachtete, trifft man, ohne es zu wissen, den Nagel auf den Kopf: In keiner Berufsgruppe trifft man auf so viele Wesen, deren Hirn dermaßen korkenzieherartig ist und die sich selber mit Schlafkuren behandeln, weil man sie davon überzeugt hat, und die diejenigen, die sie aufsuchen, gewaltsam behandeln, während sie selber auf der Suche nach dem unmöglichen Wunder die Ängste ihrer Traurigkeit von einer Praxis zur anderen schleppen wie ein Humpelnder sein schiefes Bein von einer Begradigungsaktion zur anderen. Menschen mit Diagnosen bekleiden, sie hören, ohne ihnen zuzuhören, nicht in ihnen, sondern neben ihnen stehen wie am Ufer eines Flusses, dessen Strömungen, Fische und die Felsenhöhlung, aus der er entspringt, man nicht kennt, den Wirbel der Flut erleben, ohne die Füße naß zu machen, eine Tablette nach jeder Mahlzeit empfehlen und eine Pille am Abend und mit dieser Pfadfinder-Heldentat zufrieden sein: Was bringt mich dazu, diesem finsteren Club anzugehören, über-

legte er, und täglich ein schlechtes Gewissen wegen der Kraftlosigkeit meiner Proteste und meiner angepaßten Unangepaßtheit zu haben und irgendwie auch wegen der Gewißheit,
daß die Revolution, die von innen heraus gemacht wird, bei
mir nicht funktioniert, die ich als Entschuldigung, als mir selbst
erteilte Letzte Ölung benutze, um weiter nachzugeben? Dies
waren Fragen, auf die er keine klare Antwort hatte und die
ihn verwirrten und, von Unsicherheiten, Zweifeln, Skrupeln
aufgebracht, unglücklich machten: Als er am Anfang seiner
Assistenzzeit dort hineinging und sie ihn in dem heruntergekommenen, angsteinflößenden Krankenhausgebäude her-
umführten, von dem er bislang nur den Hof und die Fassade
kannte, hatte er sich in einem riesigen Gutshaus in der Provinz
gewähnt, das von den Geistern Fellinis bewohnt war: An Mauern gestützt, von denen klebrige Feuchtigkeit rann, onanierten halbnackte Schwachsinnige mit schaukelnden Bewegungen und wandten ihm den zahnlosen Schrecken ihrer Münder
zu; Männer mit geschorenem Kopf lagen in der Sonne, bettel-
ten oder steckten sich Zigaretten an, deren Hülle von Spucke
schwarz gewordenes Zeitungspapier war; alte Männer ver-
faulten auf vergammelten Matratzen, hatten keine Worte
mehr, waren ohne Gedanken, nur zitternde Pflanzen, die gerade noch lebten; und es gab den Rundbau der 8. Station und
die von Gittern zurückgehaltenen Menschen, herumirrende
Affen, die unzusammenhängende Sätze mümmelten, zufällig
in den Löchern des Stalles landeten, in dem sie schliefen. Und
hier bin ich, sagte sich der Arzt, kollaboriere nicht kollaborie-
rend mit der Weiterführung des Ganzen hier, mit der schrecklichen kranken Maschine namens Geistige Gesundheit, die die
kleinen Sprosse der Freiheit, die in uns in linkischer Form als

unruhiger Protest wachsen, im Keim zermalmen, paktiere mit meinem Schweigen, dem Gehalt, das ich bekomme, der Karriere, die mir angeboten wird: Wie soll ich von innen, fast ohne Hilfe, der wirksamen, weichen Unbeweglichkeit der institutionellen Psychiatrie widerstehen, der Erfindung der großen weißen Linie, die die »Normalität« von der »Verrücktheit« durch ein komplexes Netz aus Symptomen trennt, der Psychiatrie als grober Entfremdung, als Rache der Kastrierten gegen den Penis, den sie nicht haben, als realer Waffe der Bourgeoisie, der ich qua Geburt angehöre und der so schwer abzuschwören ist, weshalb ich zögere, wie ich zwischen der bequemen Unbeweglichkeit und der schmerzlichen Revolte zögere, deren Preis hoch ist, denn wenn ich keine Eltern hätte, wer in der Runde würde mich dann an Kindes Statt annehmen? Die Partei schlägt mir vor, einen Glauben durch einen anderen, eine Mythologie durch eine andere Mythologie zu ersetzen, und wenn ich an diesem Punkt angelangt bin, fällt mir immer der Satz ein, den die Mutter von Antoine Blondin gesagt hat: »Ich habe keinen Glauben, aber ich habe Hoffnung«, und ich wende mich in letzter Minute in der bangen Erwartung nach links, dort die Brüder zu finden, die mir helfen und denen ich helfe, ihretwegen, meinetwegen und wegen des Rests. Und eben der Rest, der aus Scham nicht aufgezählt wird, ist das Wichtige, eine Art Wette, bei der die Gewinnchance eins zu dreihundert ist, wie an Schneewittchen glauben und sehen, wie die echten sieben Zwerge unter den Möbeln herauskommen und uns zeigen, daß es noch möglich ist. Möglich, daß hier und dort draußen die Mauern des Krankenhauses konzentrisch sind und das ganze Land bis zum Meer umschließen, bis zum Cais das Colunas und seinen gezähmten Wellen eines Flusses auf portugiesische Art, eines Herrn des sanften Wütens, der die Farbe des Himmels reflektiert und fleckig ist vom fettigen Schatten der Wolken, mein schlechtes Gewissen nennt ihn der Dichter, das schlechte Gewissen von uns allen.

Konzentrische Mauern, wiederholte er, Labyrinthe aus Häusern und Straßen, der steile und stolprige Abstieg einer Frau auf hohen Hacken zur horizontalen Weite der Mündung, so konzentrische Mauern, daß man nie wirklich wegkommt, es bildet sich eher Häkelwurzelwerk auf dem Teppichboden, ein Kreta mit bemalten Fliesen, Papageien an den Fenstern und Chinesen mit Krawatte, Büsten heroischer Königsmörder, dikken Tauben und kastrierten Katern, in dem der Gefühlsüberschwang sich als Kanarienvogel im Bambuskäfig verkleidet und das Trillern häuslicher Sonette ausstößt. Der Almanaque Bertrand tritt an die Stelle der Bibel, Haustiere sind verchromte Bambis und Porzellanhündchen, die Ja nicken, Beerdigungen sind der beständige Kitt der Familie.

Er tastete noch einmal seine Krawatte ab, überprüfte den Knoten: Mein Samsonhaar aus Naturseide, murmelte er, ohne zu lächeln. Demnächst werde ich mir eine Freakkette aus Glasperlen und ein paar indische Armbänder besorgen und schaffe mir ein Katmandu für mich ganz allein, in dem Rabindranah Tagore und Jack Kerouac mit dem Dalai Lama Bisca spielen. Er machte ein paar Schritte auf die Büros zu und sah den Notariatsbürovorsteher mit der Zwangsjacke vor einem Schreibtisch sitzen, wo er einem unsichtbaren Arzt erklärte, daß man ihm die Milchstraße geraubt habe. Die Polizisten beugten sich im Stehen über die Brüstungen ihrer Gürtel, um besser zuhören zu können, so wie Nachbarinnen vom Balkon aus eine Straßenszene beobachten. Einer von ihnen machte sich, den

Block gezückt, Notizen, wobei er voll kindlicher Aufmerksamkeit die Zunge herausstreckte. Die Alte, die auf dem Hocker levitierte, flatterte wie ein erschöpfter Fasan an ihm vorbei: Sie roch nach abgestandenem Urin, nach Einsamkeit und Verwahrlosung ohne Seife. Die Gerüche des Elends, befand der Arzt, die monotonen, beschissenen, tragischen Gerüche des Hungers und des Elends. Im Behandlungszimmer diskutierten die Krankenpfleger, an die Krankenliege, den Verbandswagen, die Vitrine mit den Arzneimitteln gelehnt, über die merkwürdigen Peripetien der letzten Betriebsversammlung, bei der der Barbier und einer der Fahrer sich gegenseitig Hurensohn, Blindfisch und Scheißfaschist genannt hatten. Einer von ihnen bereitete sich mit aufgezogener Spritze darauf vor, einem Alkoholiker eine Injektion zu verpassen, der mit verächtlicher Miene, geduldig wie ein Veteran in derlei Angelegenheiten, die Hose auf der Höhe der Knie festhielt. Die spindeldürren Beine verschwanden hinter den Fransen der grauen Haare, die seine hängenden, leeren Hoden und den runzligen Hautlappen seines Penis umgaben. Eine mediterrane Helligkeit schuf eine Aureole um die Balkongitter, als würden sie in einem von der lichtintensiven Lampe eines irrealen Frühlings beleuchteten Aquarium schwimmen.

– Guten Tag, meine verehrten Damen, meine sehr geehrten Herren, liebe Jungen und Mädchen, hochverehrtes Publikum, sagte der Psychiater. Mir ist zu Ohren gekommen, daß Sie, besorgte, gute Mütter, die Sie nun einmal sind, oben angerufen haben, um die gefälligen Dienste eines Totengräbers anzufordern. Ich bin Angestellter des Bestattungsinstituts »A Primorosa da Ajuda« (Kerzen, Blumen und Särge) und komme, um für den Sarg Maß zu nehmen: Ich hoffe, da ich in die Gewerkschaft eingetreten bin und meine Arbeitgeber hasse, daß der Verstorbene wiederauferstanden ist und unter Vivatrufen für den seligen Luís Gonzaga davongegangen ist.

Der Krankenpfleger mit der Spritze, mit dem er, wenn sie beide dieselbe Schicht hatten, drittklassige Krabben zu Abend zu essen pflegte, die der Krankenpflegerhelfer in einem Bierlokal am Martim Moniz kaufte, schlug die therapeutische Banderilla in den Trunkenbold, um seine zur Zeit in einer ruhigen Ebbe sich befindenden Launen, die bald schon wieder wie eine Sprungfeder losschnellen würden, zu besänftigen, und fuhr mit einer feierlich segnenden Bischofswatte über die Haut der Hinterbacken wie ein guter Schüler, der an der Tafel das Ergebnis einer für seine akrobatischen Fähigkeiten zu leichten Übung löscht. Der Kranke zog den Gürtel, der aus einer dünnen Schnur bestand, so heftig hoch, daß dieser zerriß, und er schaute verblüfft auf das Stück, das ihm aus der Hand fiel, erschrocken wie ein Astronaut beim Anblick einer Mondalge.

– Du hast die Makkaroni vom Mittagessen kaputtgemacht, applaudierte der Krankenpfleger, dessen Rest an Zärtlichkeit sich unter einem Sarkasmus verbarg, der zu offensichtlich war, als daß er echt sein konnte. Der Arzt hatte ihn zu schätzen gelernt, als er miterlebte, mit welchem Mut er den Kampf mit den Mitteln aufnahm, die ihm die unmenschliche Konzentrationsmaschine des Krankenhauses zur Verfügung stellte. Der Krankenpfleger wusch die Spritze aus, indem er mehrfach den Kolben hoch und runter bewegte, legte sie in den Kocher, der von der schmalen, blauen Tulpe einer Gasflamme erhitzt wurde, und trocknete die Finger an dem zerrissenen Handtuch ab, das an einem Nagel aufgehängt war: Er machte das alles mit den langsamen, methodischen Bewegungen eines

Fischers, für den die Zeit nicht in Stunden aufgeteilt ist wie ein Lineal in Zentimeter, sondern die fortlaufende Textur besitzt, die dem Leben unerwartete Intensität und Tiefe verleiht. Er war am Meer geboren worden, im Algarve, und hatte den Hunger der Kindheit mit maurischem Wind in der Nähe von Albufeira in den Schlaf gewiegt, wo die Ebbe auf dem Strand den süßen Geruch eines Diabetikers hinterläßt. Der Alkoholiker schlurfte währenddessen selbstvergessen in unförmigen Stoffschuhen auf den Flur hinaus.

– Aníbal, sagte der Psychiater zum Krankenpfleger, der in den Taschen des Kittels nach Streichhölzern herumgrub wie ein Hund, der die Stelle sucht, an der er einen kostbaren Knochen verbuddelt hat, Sie haben oben angerufen und versprochen, daß Sie mir, wenn ich käme, einen Erdbeerlolly geben würden. Ich war echt sauer auf Sie, weil ich nur die mit Pfefferminz mag.

Der Krankenpfleger fand schließlich die Streichhölzer unter dem Berg aus Rundschreiben, der auf einem Holztisch aufgehäuft war, dessen weißer Lack in pulvrigen Haarschuppenplacken abgesplittert war.

– Wir haben hier gerade eine von diesen richtig blöden Geschichten, sagte er, indem er mit ungewöhnlicher Wut über die Reibefläche strich. Die Heilige Familie, die das Jesuskind ohne zu fragen in den Arsch ficken will. Allein die Zicke von einer Mutter hat eine gehörige Tracht Prügel verdient. Halten Sie sich gut am Geländer fest, denn die drei warten im Büro ganz hinten auf Sie.

Der Arzt schaute sich eingehend den Wandkalender an, der in einem uralten März versteinert war, als er noch mit seiner Frau und den Töchtern zusammenlebte und ein Schleier der Freude leicht jede Sekunde färbte: Immer, wenn sie ihn zur Notaufnahme riefen, besuchte er in einer Art enttäuschter Wallfahrt diesen März von früher und versuchte vergebens, Tage wiederherzustellen, von denen er ein diffuses, in einem gleichförmigen, vom schrägen Licht toter Hoffnungen vergoldeten Wohlbehagen aufgelöstes Glücksgefühl in Erinnerung hatte. Als er sich umwandte, bemerkte er, daß der Krankenpfleger auch den Kalender betrachtete, auf dem ein blondes Mädchen mit einem enorm dicken Schwarzen komplizierte Aktionen durchführte.

– Die Frau oder den Monat? fragte ihn der Psychiater.

– Die Frau oder den Monat, wieso? entgegnete der Krankenpfleger.

– Das, worauf Sie gerade Ihre Scheinwerfer gerichtet haben, präzisierte der Psychiater.

– Weder auf das eine noch das andere, erklärte der Krankenpfleger. Ich dachte nur so über das nach, was wir hier machen. Ehrlich. Vielleicht kommt ja mal eine Zeit, in der dieser Mist hier sich ändert und man die Dinge mit klaren Augen betrachten kann. In der die Schneider nicht per Gesetzesverordnung dazu verdonnert werden, die Eier eines Mannes in der Weite der Hose zu verstecken.

Und er begann mit Ingrimm, die bereits gewaschenen Spritzen abzutrocknen.

Verdammter Kerl aus dem Algarve, dachte der Arzt, du wirkst wie ein neorealistischer Dichter, der glaubt, er könne die Welt mit seinen in der Schublade verborgenen Versen verändern. Oder aber du bist ein gewiefter Bauer, der sein Haff kennt und, die Laterne unter den Netzen versteckt, auf die Dämmerung wartet, um mit dem Lockfeuer zu fischen. Und er erinnerte sich an die Praia da Rocha im August, damals, als er geheiratet hatte, an die vom Henry Moore der stetigen Ebben geformten Felsen, an die Weite aus Sand ohne Fußspuren und daran, wie er und seine Frau sich wie Robinson Crusoe gefühlt hatten trotz der kubischen deutschen Touristen, trotz der wie kastrierte Soprane androgynen Engländerinnen, der betagten, mit unglaublichen Hüten bedeckten Amerikanerinnen und der Rauchglasbrillen der nationalen Zuhälter, dieser Latin lovers, die mit dem Plastikkamm in der hinteren Hosentasche wie Hyänen Pos umkreisten.

– Wer weiß, Mann, sagte er zum Krankenpfleger, vielleicht leben wir ja gerade dafür. Aber wenn wir hier nur rumsitzen und warten, können wir beide zum Teufel gehen.

Er wandte sich zu dem Kabuff am Ende des Flurs mit dem Gefühl, dem anderen gegenüber ungerecht gewesen zu sein, und mit dem Wunsch, er möge begriffen haben, daß er nichts weiter als die eigene passive Seite angegriffen hatte, den Teil in sich, der die Dinge kampflos hinnahm und gegen den er sich auflehnte. Ich mag mich oder ich mag mich nicht, dachte er, inwieweit akzeptiere ich mich, und an welchem Punkt beginnt tatsächlich die Zensur meines Protests? Die Polizisten, die nun draußen standen, hatten die Mützen abgenommen und kamen dem Psychiater unvermittelt nackt und harmlos vor. Einer von ihnen hatte die Zwangsjacke des Notariatsbürovorstehers im Arm und hielt sie gegen die Brust gedrückt wie die Jacke eines Neffen am Eingang der Turnhalle.

Im Sprechzimmer bereitete sich die Heilige Familie auf den Angriff vor. Vater und Mutter standen rechts und links vom Stuhl des Sohnes, feindselig wie Steinhunde auf Torfpfosten, die bereit waren, in lautes, erbostes Wutgeschimpfe auszubrechen. Der Arzt ging schweigend um den Schreibtisch, zog wie ein Schachspieler, der die Figuren für den Beginn des Spiels vorbereitet, den Glasaschenbecher, den gestempelten Block des Krankenhauses, den Kassenausweis und das Buch, in das die Kranken eingetragen wurden, zu sich heran. Das Jesuskind, das rotblond war und wie ein ängstlicher Vogel wirkte, tat tapfer so, als bemerkte es seine Anwesenheit nicht, und starrte durch die geöffneten Fenster auf die traurigen Gebäude der Rua Gomes Freire, kniff die Augen mit den von durchsichtigen Sommersprossen übersäten Lidern zusammen.

– Na, was gibt es denn? fragte jovial der Arzt und empfand seine Frage als Anpfiff eines blutigen Spiels durch den Schiedsrichter. Wenn ich den Kerl hier nicht beschütze, dachte er sehr schnell, während er den Jungen, der seine Panik noch unter Kontrolle hatte, aus den Augenwinkeln ansah, dann zerfetzen die ihn mit zwei Bissen. Verdammt noch mal, jetzt könnte ich Umberto Ecos Hilfe gut gebrauchen.

Der Vater blähte die Hemdbrust.

– Herr Doktor, sagte er pompös, als handelte es sich um eine Kriegserklärung, Sie sollten wissen, daß dieser Mistkerl hier Drogen nimmt.

Und er rieb die dienstbeflissenen Hände aneinander, als stünde er vor seinem Abteilungsleiter. An seinem kleinen Finger mit langem Nagel trug er neben dem Ehering einen riesigen Ring mit einem schwarzen Stein, und an der goldgemusterten Krawatte saß eine Korallennadel, die einen Fußballspieler von den Belenenses darstellte, wie er einem kleinen goldenen Ball einen Fußtritt versetzte. Er ähnelte einem Auto mit vielen Accessoires, Decken auf den Sitzen, Klunkerkram am Spiegel, Streifen auf der Kühlerhaube, den Namen Tó Zé auf die Tür gemalt. Laut Ausweis war er Angestellter des Wasserwerks (zumindest ein sauberer Angestellter, beschloß der Psychiater), und sein Atem roch nach der Brotsuppe mit Fisch vom Vortag.

– Eigentlich müßten die Karteikästen dringend mal eine andere Farbe bekommen, stellte träumerisch der Arzt fest, indem er auf drei Metallwürfel wies, die scheußlich massiv den Raum zwischen Tür und Fenster einnahmen.

– Bei so einem Grün könnte einem Admiral übel werden, findest du nicht? fragte er den Jungen, der von den Wundern der Rua Gomes Freire hingerissen war, dessen Lippen aber wie der Bauch eines erschrockenen Spatzen zitterten. Krieg dich ein, riet ihm im Geiste der Arzt, krieg dich ein, denn du bist ein schwacher Jungstier, und der Kampf hat noch nicht angefangen. Und er tauschte wie bei einer strategischen Rochade den Aschenbecher gegen das Buch aus und murmelte dabei: Halten Sie die Unterhosen fest, Dona Alzira, die Natotruppe ist im Anmarsch.

Da hörte er ein unvermitteltes Rascheln auf der Schreibunterlage des Schreibtisches: Die Mutter schüttete den Inhalt eines Papierbeutels voller unterschiedlicher Medikamentenverpackungen unter seiner überraschten Nase aus und wölbte ihm ihren von wütender Empörung angespannten, mit einer Leopardenjacke aus Plastik bekleideten Körper entgegen. Die Sätze kamen aus ihrem Mund wie Bohnenkugeln aus der Blechkanone, die der Psychiater als Kind, anläßlich einer seiner unzähligen Anginen, geschenkt bekommen hatte:

– Mein Sohn muß au-gen-blick-lich eingeliefert werden, befahl sie im Tonfall eines reformatorischen Präfekten, der sich kosmisch an die moralische Verkommenheit des Universums wendet. Pillen, wie man hier sieht, er macht die vierte

Klasse zum zweitenmal, läßt es an Respekt den Eltern gegenüber fehlen, gibt freche Antworten, wenn er überhaupt antwortet, die Nachbarin aus dem Stockwerk unter unserem hat mir erzählt, sie habe ihn mit einem Flittchen am Rato gesehen, ich weiß nicht, ob ich mich klar ausdrücke, ich denke, Sie haben mich verstanden. Und das mit siebzehn Jahren, Herr Doktor, erst im April ist er es geworden, er ist mit einem Kaiserschnitt zur Welt gekommen, um ein Haar hätte ich den Abgang gemacht, ich habe sogar am Tropf gehangen, bitte sehr. Und wir erziehen ihn, so gut wir können, geben Geld aus, kaufen Bücher, reden freundlich mit ihm, und als Lohn dafür kümmert er sich einen Dreck um uns. Nun sagen Sie schon: Finden Sie das richtig? Und Sie, Herr Doktor, der Sie womöglich auch Kinder haben, Sie stellen ihm Fragen zu Karteikästen.

Sie machte eine Pause, um die Bojentitten aufzupumpen, zwischen denen ein Emailleherz mit dem Foto des subalternen Ehemannes in jüngeren Jahren, bereits wild mit Amuletten geschmückt, logierte, und tauchte dann erneut in die kochenden Wasser des Zorns.

– Eine Woche Krankenhaus, genau das braucht er, um wieder auf die Reihe zu kommen: Ich hatte eine Schwägerin auf der 3. Station, ich kenne die Methoden. Ein paar Wochen ohne Ausgang, ohne seine Clique zu sehen, ohne Apotheken zum Tablettenklauen in Reichweite. Es ist eine Schande, daß niemand dem ein Ende bereitet: Seit Salazar gestorben ist, geht's von einem Debakel zum anderen.

Der Arzt erinnerte sich daran, wie sie vor vielen Jahren, als sie vom Abendessen bei einer Tante nach Hause gekommen waren, im Arbeitszimmer des Vaters einen Agenten der Pide vorgefunden hatten, der auf den Bruder wartete, der Präsident des Vereins der Jurastudenten war, und an den angsterfüllten Abscheu, den dieser Mann, der die Buchrücken der Neurologielehrbücher des abwesenden Vaters mit Besitzermiene betrachtete, in ihnen ausgelöst hatte. Nur der Jüngste hatte den Spitzel ohne Haß angeschaut, war entgeistert über die arrogante Entweihung dieses Heiligtums der Pfeifen, das man immer mit dem Bewußtsein der beinahe heiligen Bedeutung dieses Ortes betrat, und umkreiste den Apostaten, indem er seine Gesten beschnupperte, voller Bewunderung. Plötzlich hatte der Arzt Lust, den blondgefärbten Kopf Unserer Lieben Frau zu packen und ihn ohne Eile, wohlüberlegt gegen die Ecke des Waschbeckens links von ihm unter dem schiefen Spiegel zu schlagen, der, vom Schreibtisch aus gesehen, ein graues, blindes Stück Wand reflektierte, als wäre die achteckige Fläche, die ihn so viele Male wieder zu sich gebracht hatte, von einer Art grauem Star befallen: Es verwirrte ihn, in der mit einer Zinnfolie hinterlegten Glasscheibe nicht die fragende Kurve seines Edamer-Katze-Lächelns vorzufinden.

– Ein Krankenhaus oder ein Gefängnis, sagte der Ehemann der Harpye mit pompöser Stimme, während er die monströse Krawattennadel streichelte, denn wir werden damit nicht mehr fertig.

Die Frau wedelte wie eine Kastanienverkäuferin seine nutzlosen Worte mit der Hand weg: Sie war die Leiterin der Operation und ließ eine Teilung der Befehlsgewalt nicht durchgehen. Enkelin eines Gefreiten der Guarda Republicana, dachte der Psychiater, moralische Erbin des alten Drisch-aufs-Volk-ein-Schwertes ihres Vorfahren.

– Tut mir leid, Herr Doktor, aber Sie müssen das hier sofort regeln, sagte sie, wobei sie das künstliche Fell ihrer Jacke sträubte. Tun Sie mir den Gefallen und behalten Sie ihn hier, ich will ihn nicht bei mir zu Hause haben.

Der Junge begann eine Bewegung, die sie eilig abwürgte, indem sie mit wütendem Finger auf ihn zeigte:

– Unterbrich mich nicht, du Blödkopf, ich rede gerade mit dem Doktor.

Und zum Psychiater endgültig:

– Machen Sie das, wie Sie wollen, aber wir nehmen ihn nicht wieder mit.

Der Arzt rückte auf dem Schreibtischschachbrett mit einem Hefter-Bauern vor. Auf rostige Nägel gespießte Dienstpläne, einige mit seinem Namen (wenn unser Name gedruckt ist, gehört er uns nicht mehr, dachte er, wird er unpersönlich und fremd, verliert er die vertraute Intimität des Handgeschriebenen), zierten die Wände.

– Nun machen Sie mal halblang und warten Sie draußen, damit ich mit dem Jungen reden kann, sagte er, ohne jemanden anzusehen, im blassen Tonfall eines Verstorbenen. Seine Freunde vermieden es, in solchen Augenblicken mit ihm zu diskutieren, wenn seine Stimme neutral und farblos wurde und seine blauen Augen ihr Leuchten verloren. Und ich möchte, daß die Tür zugemacht wird.

Die Tür zugemacht, die Tür zugemacht: Der Psychiater und seine Frau ließen die Tür zum Zimmer der Töchter immer offen, und manchmal, wenn sie sich liebten, vermischten sich deren wirre Traumworte mit ihren Seufzern zu einem Zopf aus Lauten, der sie miteinander auf so innige Weise verband, daß die Gewißheit, sich niemals trennen zu können, die Angst vor dem Tod milderte und sie durch das beruhigende Gefühl von Ewigkeit ersetzte: Nichts würde anders sein, als es jetzt war, die Töchter würden niemals größer werden, und die Nacht würde in einer riesigen Stille aus Zärtlichkeit weitergehen, die vor Müdigkeit schlaffe Katze neben der Heizung, die Wäsche aufs Geratewohl auf den Stühlen verteilt liegen und die treue Gesellschaft der bekannten Dinge andauern. Er dachte daran, wie sich auf der Bettdecke weiße Flecken von Sperma und Vaginalzäpfchen vermehrten, und daran, daß auf dem Kopfkissen seiner Frau immer Wimperntuschespuren waren, dachte an ihren unsagbaren Gesichtsausdruck, wenn sie kam oder wenn sie, auf ihm hockend, die Hände im Nacken verschränkte und den Körper hin und her bewegte, um seinen Penis besser zu spüren, wobei ihre großen Brüste am schmalen Oberkörper leicht schaukelten. GTS, sagte er wortlos zu ihr, während er an seinem Schreibtisch im Krankenhaus saß und wieder den Morsecode aufgriff, mit dem sie sich verständigten und den niemand sonst kannte, GTS bis zum Ende der Welt, meine Liebste, jetzt sind wir bereits Pedro und Inês in ihren Sarkophagen von Alcobaça, warten auf das Wunder, das kommen soll. Und er erinnerte sich, um der drohenden Gefahr von Tränen zu entgehen, daran, wie er sich vorgestellt hatte, daß die Haare der steinernen Prinzessinnen in staubigen Zöpfen in den Kopf hineinwuchsen, und daß er das in eines der Hefte mit Gedichten geschrieben hatte, die er regelmäßig zerstörte, wie bestimmte Vögel ihre Jungen voll gelangweilter Grausamkeit auffraßen. Er haßte es jedesmal mehr, gerührt zu sein: Ein Zeichen, daß ich alt werde, stellte er fest und erfüllte so den Satz seiner Mutter, den sie mit prophetischer Feierlichkeit im Salon in die Luft geworfen hatte:

– Mit so einem Charakter wie deinem wirst du einsam wie ein Hund enden.

Und die Porträts in ihren Rahmen schienen ihr recht zu geben, indem sie ihr vergilbt zunickten.

Das Christkind, das nicht aufgehört hatte, den an die Fensterscheibe geklebten Botelho zu fixieren, warf dem Arzt einen schnellen Seitenblick zu, und dieser, der aus seiner inneren Geschichte zu dem Grund zurückkehrte, der ihn hierhergeführt hatte, ergriff die Feindseligkeit des Jungen wie jemand, der in letzter Sekunde auf das Trittbrett einer fahrenden Straßenbahn aufspringt.

– Wie sieht's aus bei dir im Hirnkasten? fragte er.

Am leichten Zittern der Nasenflügel merkte er, daß der Junge zögerte, und er spielte alle Karten aus, da er sich an die Anweisungen zur Rettung Schiffbrüchiger aus seiner Kindheit erinnerte, Plakate, die an dem Bademeisterhaus am Strand angeschlagen waren und Männer mit Schnurrbart und geringeltem Badeanzug zeigten, die über fünf winzig gedruckten Prosaspalten mit Warnungen und Verboten schwammen.

– Hör mal, sagte er zu dem Jungen, ich finde das genauso schrecklich wie du, und das hier ist nicht das Gerede eines Bullen auf der Wache, dem die Hand locker sitzt. Selbst wenn mir deine Alten eine Wumme an den Kopf hielten, würdest du nicht hierbleiben, aber es wäre vielleicht nicht schlecht, wenn du mir mal ein bißchen erklären könntest, was los ist: Kann sein, daß wir beide zusammen begreifen, was hier beschissen läuft, vielleicht auch nicht, aber keiner von uns beiden verliert was dabei, wenn er es mal versucht.

Der Rotblonde war zur Betrachtung des Fensters zurückgekehrt: Er maß in seinem Inneren, was zu ihm gesagt worden war, und entschied sich fürs Schweigen. Seine rosa Wimpern glitzerten in der Sonne ähnlich wie Spinnweben, die auf den Dachböden die Balken verbinden.

– Du mußt mir helfen, damit ich dir helfen kann, ließ der Psychiater nicht locker. Wenn jeder nur sein Ding macht, kommen wir nicht weiter, und ich rede ganz ehrlich mit dir. Du bist allein und am Arsch, und deine Eltern da draußen wollen dich hier reinstecken. Verflucht noch mal, ich bitte dich nur darum, mit mir zusammenzuarbeiten, damit wir das verhindern können und du nicht weiter wie ein erschrecktes Frettchen dasitzt.

Das Christkind studierte weiter mit offenem Mund die Gomes Freire, und dem Psychiater wurde klar, daß es dumm war, weiterzumachen: Er zog den Hefter-Bauern zurück und spürte die angenehme Kälte des Metalls an der Haut, stützte die Handflächen auf der grünen Schreibunterlage auf, erhob sich schließlich widerwillig wie ein von einem zur Unzeit gekommenen Christus erweckter Lazarus. Im Hinausgehen fuhr er mit den Fingern durch das Haar des Jungen, und dessen Schädel zog sich zwischen die Schultern zurück wie eine Schildkröte, die eilig in ihrem Panzer verschwindet: Für diesen Kerl und für mich ist nicht mehr viel zu machen, dachte der Psychiater, wir sind beide, wenn auch auf unterschiedliche Art, ganz unten angekommen, dort, wohin kein Arm reicht, und wenn der Rest Sauerstoff in der Lunge aufgebraucht ist, dann gute Nacht, Marie. Hoffentlich reiße ich aber bei diesem Absturz nicht noch jemanden mit mir.

Er öffnete die Tür mit einem Ruck und traf auf die Eltern des Jungen, die kindlich spionierend zum Schlüsselloch gebeugt standen: Sie richteten sich beide so schnell auf, wie sie konnten, erlangten energisch die verbriefte Würde von Erwachsenen zurück, und der Arzt sah sie beinahe voller Mitleid an, mit ebenjenem Mitleid, das ihn jeden Morgen überfiel, wenn er sein bärtiges Gesicht ansah, in dem er sich kaum wiedererkannte, diese verbrauchte Karikatur seiner selbst. Der Krankenpfleger näherte sich, nachdem die Kranken zu Mittag gegessen hatten, dicht an der Wand in den Holzpantinen entlangschlurfend, die er für gewöhnlich im Dienst trug. Das nahe Schnarchen des Alkoholikers, der die Spritze bekommen hatte, ähnelte dem rhythmischen Quietschen einer nassen Schuhsohle.

– Sie werden den Jungen wieder mit nach Hause nehmen, sagte der Psychiater zu den Eltern des Rotblonden. Sie werden Ihren Sohn fein ordentlich und ruhig mit nach Hause nehmen und kommen am Montag zu einer ausführlichen, ruhigen Unterhaltung wieder, denn diese Angelegenheit braucht lange, vorher abgemachte Gespräche, ohne jede Eile. Und nutzen Sie den Sonntag, um sich mal in Ihrem und dem Inneren des Spatzen in seinem Käfig umzusehen, sich mal so richtig in Ihrem und dem Inneren des Spatzen in seinem Käfig umzusehen.

Wenige Minuten später fand er sich im Hof des Krankenhauses neben seinem kleinen, verbeulten, stets dreckigen Wagen wieder, mein fahrbarer Minibunker, meine Zuflucht. Irgendwann, schon bald, beschloß er, verliere ich jede Selbstbeherrschung und klebe eine Porzellanschwalbe auf die Kühlerhaube.

Als er ins Restaurant kam, fast im Laufschritt, weil die Uhr in der Garage Viertel nach eins gezeigt hatte, erwartete ihn der Freund auf der anderen Seite der Glastür und sah sich die Krimis genauer an, die sich auf einer Art Drehregal aus Draht stapelten, einer mit dem Mist rechtslastiger, auf dem Boden angehäufter Zeitungen gedüngten Metalltanne. Die fuchsgesichtige Angestellte des Tabakladens übte, von einer Mauer aus Zeitschriften geschützt, ihr schematisches Englisch für wohlgesonnene Tommies an einem mittelalterlichen Ehepaar, das sich über diesen merkwürdigen Jargon wunderte, in dem es verschwommen das eine oder andere Wort wiedererkannte. Die Füchsin untermalte ihre Rede mit jeder Menge erklärender Jahrmarktskasperlegesten, während die anderen ihr mit Grimassen zurückmorsten, und der Freund, der von den Büchern abgelassen hatte, sah fasziniert diesem frenetischen Ballett von Wesen zu, die einander trotz ihrer fuchtelnden Bemühungen, eine gemeinsame Sprache zu finden, unabänderlich fremd blieben. Der Psychiater wünschte sich verzweifelt ein Esperanto, das die äußeren und inneren Distanzen zerstörte, die die Menschen trennten, einen verbalen Apparat, der fähig war, Morgenfenster in den dunklen Nächten eines jeden zu öffnen wie bestimmte Gedichte von Ezra Pound, die uns in betörender Enthüllung unvermittelt die eigenen Dachböden zeigen: die Gewißheit, auf einer zunächst für leer gehaltenen Sitzbank einen Reisegefährten gefunden zu haben, und die Freude über das unerwartete Verständnis. Genau dies war es, was ihn am innigsten mit seiner Frau verband: verstanden zu werden, ohne sich mit Sätzen zu bekleiden, die Fähigkeit, einander mit einem schnellen Seitenblick zu verstehen, und das hatte nichts damit zu tun, daß sie einander gut kannten, weil es vom ersten Mal an, da sie sich begegnet waren, so gewesen war, sie waren damals beide noch sehr jung, und sie waren wie vom Blitz getroffen von der merkwürdigen, verborgenen Kraft dieses Wunders, das ihnen mit niemand anderem passierte, einer so vollkommenen und tiefen Verbindung, daß, so dachte er, wenn seine Töchter eines Tages ähnliches erreichten, es sich gelohnt haben würde, sie gemacht zu haben, und daß für sie dann alle Masern des Lebens gerechtfertigt wären. Vor allem die Ältere erschreckte ihn: Er fürchtete die Zerbrechlichkeit ihrer heftigen Wutausbrüche, ihre vielfältigen Ängste, die angespannten, grünen Augen in ihrem Cranachgesicht: Da er in Afrika im Krieg gewesen war, hatte er sie nie gefühlt, als sie sich im Bauch der Mutter bewegte, und er war monatelang nur ein Bild im Wohnzimmer gewesen, das man ihr mit dem Finger zeigte und das weder Konturen noch die Dichtigkeit des Fleisches besaß. In den flüchtigen Küssen, die sie tauschten, lebte so etwas wie der Rest dieses gegenseitigen Grolls, der mühevoll am Rande der Zärtlichkeit im Zaum gehalten wurde.

Der melancholische Admiral, der tressengeschmückt seine Pension neben dem Tabakladen des Restaurants aufbesserte und vom zittrigen Indien in der Ferne träumte, öffnete die Glastür, um zwei kompetent aussehende Männer durchzulassen, die beide eine Brille trugen und von denen einer zum anderen sagte:

– Ich habe reinen Tisch gemacht, du kennst mich ja. Ich bin zum Büro von dem Kerl getrabt und habe ihm gleich gesagt: Wenn Sie Gauner mich nicht sofort in meine Abteilung zurückversetzen, bleibt kein Auge trocken. Du hättest nur mal sehen sollen, wie dieser Arsch sich vor Angst in die Hosen geschissen hat.

Was bringt nur die Admiralportiers dazu, das Meer gegen Restaurants und Hotels, die Brücke auf dem Schiff gegen die geschrumpften Proportionen von abgetretenen Fußmatten einzutauschen, dachte der Arzt, und dabei die gewölbte Hand den Trinkgeldern entgegenzustrecken wie ein Elefant im Zoo seinen Rüssel zu den Karottensträußen des Pflegers? Georges, komm und sieh dir mein Land an, in dem die Seeleute in den salzlosen Wassern der Unterwürfigkeit schippern. Am Straßenrand winkten die bebrillten Kerle einem leeren Taxi zu wie zwei Schiffbrüchige einem gleichgültigen Schiff. Das mittelalterliche Ehepaar versuchte mit Hilfe des Katechismus einer Grammatik, Ausrufe in Zulu zustande zu bringen, in denen verzerrt Ähnlichkeiten mit dem Linguaphone-Portugiesisch der Sorte Der Garten meines Onkels ist größer als der Bleistift deines Bruders anklangen. Der Psychiater, der das Herauskommen der Schiffbrüchigen genutzt hatte, um im Profil wie die Ägypter aus dem Matoso-Geschichtsbuch in die Eingangshalle der Galerias zu schlüpfen, beantwortete die Verbeugung des Admirals mit einem annähernd militärischen Gruß und wunderte sich (wie immer), daß der Seemann nicht einen Spucketropfen auf den Mittelfinger absetzte und diesen hochhob, um die Windrichtung festzustellen, so wie die Korsaren mit der Augenklappe es immer in den Filmen seiner Kindheit getan hatten. Wir sind beide, er wie ich, Sandokans in mittlerem Alter, dachte der Arzt, wo das Abenteuer darin besteht, in der Zeitung die Seite mit den Todesanzeigen in der Hoffnung zu entziffern, die Auslassung unseres Namens möge uns garantieren, daß wir noch am Leben sind. Und dennoch zerfallen wir in Einzelteile, die Haare, der Blinddarm, die Galle, ein paar Zähne, als wären wir zerlegbar. Draußen bewegte der Wind die Platanenzweige, so wie er die Haare des Jungen im Krankenhaus berührt hatte, und hinter dem Gefängnis braute sich dickes, drohendes Grau zusammen. Der Freund berührte ihn leicht am Ellenbogen: Er war groß, jung, ein wenig gebeugt, und sein Blick besaß gelassene, pflanzliche Sanftheit.

– Mein Großvater hat dort etliche Monate verbracht, informierte ihn der Psychiater, indem er mit dem Kinn auf das Gefängnisgebäude und die Pappmauer am Marquês da Fronteira wies, die jetzt dunkel vom nahen Regen war. Er war etliche Monate nach der Revolte von Monsanto dort, die Monarchistentruppe, du weißt schon, bis zum Ende hat er die Zeitung Debate abonniert. Mein Vater hat uns immer erzählt, wie er ihn mit meiner Großmutter im Knast besucht hat und wie beide im Sommer, von der Hitze erdrückt, die Avenida hinaufgingen, er im Matrosenanzug wie ein Leierkastenäffchen, sie, mit Hut und Sonnenschirm, schob den schwangeren Bauch vor sich her wie Florentino, der Umzugsbursche, der in einer riesigen Handkarre Klaviere durch Benfica transportierte. Nein, ehrlich, stell dir das Bild vor, die blauäugige Deutsche, deren Vater sich mit zwei Pistolen das Leben genommen hat, er hat sich an den Schreibtisch gesetzt und zack, und der kleine, in seine Karnevalstracht gezwängte Junge, ein Duo auf dem Weg zu einem schnurrbärtigen Hauptmann, der mit einem Verwundeten auf dem Rücken von der Festung heruntergekommen war, bis er auf die Gewehre der Carbonarier stieß. Auf den ovalen Fotos erkennt man nicht einmal die Gesichtszüge aus dieser feurigen Zeit, und als wir geboren wurden, hatte Salazar das Land bereits in ein gezähmtes Priesterseminar verwandelt.

– Als ich zur Schule ging, sagte der Freund, hat uns die Lehrerin, deren übrigens schiefe Füße nach Schweiß stanken, aufgetragen, die Tiere aus dem Zoo zu malen, und ich habe den Hundefriedhof gemacht, erinnerst du dich noch an den? Der Alto de São João für Pudel? Manchmal habe ich das Gefühl, daß ganz Portugal ein bißchen so ist, der schlechte Geschmack der Saudade im Diminutiv und unter häßlichen Grabsteinen bestattetes Gebell.

– Unserem Mondego in ewiger Sehnsucht von seinem Lenchen, erklärte der Arzt.

– Dem lieben Bijú von seinen Herrchen, die ihn niemals vergessen, Milu und Fernando, antwortete der Freund.

– Jetzt haben sie im Diário de Notícias die Köter-Bestattungen durch die Danksagungen an den Heiligen Geist und an das Jesuskind von Prag ersetzt, sagte der Psychiater. Was für ein Land: Wenn König Pedro I. wiederkäme, würde er im ganzen Reich niemanden finden, den er kastrieren könnte. Man wird schon reif fürs Altersheim geboren, und unsere Ambitionen beschränken sich auf den ersten Preis bei der Verlosung der Blindenliga João de Deus, einen mickrigen Ford Capri auf einem Lastwagen mit brüllenden Lautsprechern.

Der Freund streifte die Schulter des Arztes mit seinem blonden Bart: Er wirkte wie das Mitglied einer ökologischen Bewegung, dessen großzügige Konzession an die Bourgeoisie eine Krawatte war.

– Hast du in letzter Zeit geschrieben? fragte er.

Jeden Monat stellte er unversehens diese Frage, die den Psychiater niederschmetterte, weil für ihn das Herumhantieren mit Worten eine Art heimliche Schande war, eine ewig aufgeschobene Obsession.

– Solange ich es nicht mache, kann ich immer glauben, daß ich es, falls ich es mache, gut mache, erklärte er, und mich so für die vielen hinkenden Beine eines humpelnden Tausendfüßlers entschuldigen, verstehst du? Aber wenn ich ernsthaft mit einem Buch anfange und Scheiße gebäre, welche Entschuldigung bleibt mir dann noch?

– Es könnte doch sein, daß du keine Scheiße gebärst, führte der Freund ins Feld.

– Ich kann auch das Haus aus der Weihnachtsausgabe der Eva gewinnen, ohne die Zeitschrift je gekauft zu haben. Oder zum Papst gewählt werden. Oder in einem vollen Stadion bei einem Freistoß den Ball mit einem Lop im Tor versenken. Laß nur, wenn ich einmal tot bin, wirst du meine unveröffentlichten Werke mit einem erläuternden Vorwort herausgeben, Soundso, wie ich ihn gekannt habe. Du wirst dich Max Brod nennen und kannst mich in der Intimität des Bettes mit Franz Kafka anreden.

Sie hatten den Admiral hinter sich gelassen, der sich stürmisch ins Taschentuchsegel schneuzte, und wegen des Brutkastenlichts seiner in Zebrastreifenrohren aus Messing verborgenen Lampen das mittlere Stockwerk ausgesucht. Die Leute aßen Schulter an Schulter wie die Apostel beim Letzten Abendmahl, und innerhalb der Hufeisen der Tresen wuselten die Kellner wie Insekten herum, in weißer Uniform, von einem Kerl in Zivil befehligt, der die Hände hinter dem Rücken verschränkt hatte und den Psychiater an diese Bauaufseher erinnerte, die, einen Zahnstocher im Mund, den Galeerenmühen der Arbeiter zusahen: Er hatte nie verstanden, warum es diese autoritären, schweigenden Wesen gab, die, stumm an riesige, unterhosenblaue Mercedesse gelehnt, die Arbeit der anderen mit Graubarschaugen beobachteten. Der Freund beugte sich vor und pflückte die Speisekarte aus einer Metallschiene über Flaschen mit Senf und verschiedenen Saucen (kulinarische Schönheitsprodukte, dachte der Arzt), öffnete sie salbungsvoll wie ein Kardinal und begann leise, mit mönchischem Vergnügen die Speisen zu lesen: Er hatte nie zugelassen, daß diese genüßliche Operation ein anderer mit ihm teilte, während der Psychiater sich vorzugsweise für die Preise interessierte, ein Erbe seiner Eltern, bei denen die Suppe sich von einer Mahlzeit zur anderen in einem verwässerten Wunder unendlich multiplizierte. Eines Tages, er war bereits ein erwachsener Mann, tauchte auf dem Tisch eine Weinflasche auf, und die Mutter erklärte, indem sie die hellen Augen von einem verblüfften Nachkommen zum anderen wandern ließ:

– Jetzt können wir es, Gott sei Dank.

Meine Alte, dachte er, meine alte Alte, wir haben uns nie gut verstanden: Gleich nach der Geburt habe ich dich beinahe an Eklampsie sterben lassen, nachdem ich mit Zangen aus dir herausgezogen worden war, aus deiner Sicht bin ich durch die Jahre hindurch von einem Sturz zum anderen einem unbestimmten, aber sicheren Unglück entgegengegangen. Mein ältester Sohn ist verrückt, verkündetest du dem Besuch, um mein (deiner Meinung nach) merkwürdiges Verhalten zu entschuldigen, meine unerklärlichen Melancholien, die Verse, die ich heimlich ausschied, Kokons aus Sonetten für eine formlose

Angst. Die Großmutter, die ich sonntags mit Gedanken an den Hintern des Dienstmädchens besuchte und die im Schatten des Ruhms und der Orden zweier verstorbener Generäle lebte, warnte mich schmerzlich beim Beefsteak:

– Du bringst deine Mutter um.

Bringe ich dich um oder bringe ich mich um, meine Alte, die du so lange wie meine Schwester gewirkt hast, das kleine, hübsche, zerbrechliche Hirtenmädchen der Verse von Sardinha »aus Glas und Nebel«, dessen Stundenplan sich zwischen Proust und Paris-Match aufteilte, die Gebärerin männlicher Erben, die deine mageren Hüften und feinen Drahtknochen unberührt ließen? Ich habe von dir vielleicht das Gefallen am Schweigen geerbt, und der ständig schwangere Bauch hat dir nicht den Raum gelassen, mich so zu lieben, wie ich es nötig hatte, wie ich es wollte, bis es, als wir gegenseitig von unserer Existenz Notiz nahmen, du meine Mutter und ich dein Sohn, zu spät war für das, was ich meiner Empfindung nach nie bekommen habe. Das Gefallen am Schweigen und das Einanderanstarren wie Fremde, die durch eine unüberwindbare Distanz voneinander getrennt sind, was denkst du wohl tatsächlich über mich, über meinen unausgesprochenen Wunsch, zu einem langen traumlosen mineralischen Schlaf in deinen Uterus zurückzukehren, einer steinernen Pause in diesem Rennen, das mich erschreckt und das von außen gesehen aufgezwungen wirkt, einem rasenden, angsterfüllten Trab auf die Ruhe zu, die es nicht gibt. Ich bringe mich um, Mutter, und niemand, kaum jemand wird es merken, ich schaukle, am Strick eines Lächelns aufgehängt, weine in mir Grottenfeuchtigkeiten, Granitschweiß, heimlichen Nebel, in dem ich mich verstecke. Schweigen sogar in der Hintergrundmusik des Restaurants, eine Rennie-Tablette als Violinschlüssel, die Schnellgeschlucktes für Strauße verdaulich machte, die im Eiltempo gemeinsam Pizzen verdrückten, eine Hintergrundmusik, die mich immer an sich im Sand der Notenlinien versteckende und mit hervorstehenden Äuglein honigsüß das Aquarium beobachtende Zweiunddreißigstelnoteseezungen denken ließ, Wiegenlied für resignierte Eingeweide. Dem Freund gelang es schließlich, das Interesse eines Kellners zu wecken, dem eine Vielzahl von Rufen die Sporen gaben und der vor Anspannung zitterte wie ein Pferd, das, von gleichzeitigen, widersprüchlichen Befehlen gereizt, voll banger Ratlosigkeit die spärliche Haarmähne schüttelte.

– Was möchtest du? fragte er den Arzt, der mit einer fetten Riesendame um seinen Meter am Tresen stritt, die mit der Pyramide eines Rieseneisbechers mit Kandiertefrüchtebarock beschäftigt war, gegen den sie mit großen Löffelhieben ankämpfte: Es war nicht ganz klar, wer da nun wen verschlingen würde.

– Hamburger mit Reis, sagte der Psychiater, ohne auf das Gebetbuch der Fisch- und Fleischgerichte zu schauen, wo das Latein durch ein von der Primadonnenautorität des Kochs diktiertes Kochtopffranzösisch ersetzt war. Iß Pemican, Bruder Bleichgesicht, bevor du in die ewigen Jagdgründe eingehst.

Einen Hamburger und einmal Schweinebraten, übersetzte der Freund dem Kellner, der beinahe vor Verzweiflung platzte. Eine Minute noch, dachte der Arzt, und in seinen Wangen tun sich Erdbebenrisse auf, und er stürzt unter Getöse auf dem Fußboden ein.

– Herzstillstand eines alten Gebäudes, sagte er laut, Herzstillstand eines von Lepra und Holzbock befallenen, mit dem Prémio Valmor bedachten Hauses.

Die Dame mit dem Eis warf ihm streitsüchtig den Seitenblick eines streunenden Hundes zu, weil sie ihr Stöbern im eßbaren Müll bedroht sah: Erst die Schlagsahne und dann die Metaphysik, überlegte der Psychiater.

– Was? fragte der Freund.

– Wieso was? fragte der Arzt.

– Du hast den Mund bewegt, und ich habe keinen Laut gehört, sagte der Freund. Wie die Betschwestern in der Kirche.

– Ich überlegte gerade, ob Schreiben so etwas ist, wie den Dicionário Morais, die Grammatik der 4. Klasse und die anderen Grabstätten verstorbener Wörter künstlich zu beatmen, und von Zweifeln ganz blöd, bin ich mal voller Sauerstoff und mal ganz ohne.

Vor ihnen wisperte ein schielendes Mädchen, das einem balzenden Spatzen glich, einem Vierzigjährigen vertrauliches Gekicher zu, der sich wie eine Muschel vorgewölbt hatte, um ihr hüpfendes Gelächter zu empfangen. Der Psychiater hätte fast gewettet, daß der Mann wegen des Fehlens von Kanten in seinen Gesten und wegen des weiches Schwunges seiner Lippen, zwischen die er in metronomgenauem Rhythmus Brotstückchen steckte, die er dann ausgiebig, gemächlich und verächtlich wie ein Kamel kaute, einmal Priester gewesen war. Von seinen Augenlidern fielen trübe, langsame Seitenblicke, und das schielende Mädchen knabberte hingerissen mit schlechten Zähnen an einem seiner Ohren herum wie eine Giraffe, die die dicke Zunge über die Gitter hinweg zu den Eukalyptusbäumen ausstreckt.

Ein zweiter Kellner, der Harpo Marx ähnlich sah, schob

Schweinebratenscheiben und den Hamburger auf das Papier-
tischtuch. Mit gezückter Gabel fühlte sich der Arzt wie ein
Kalb, das mit anderen Kälbern an die Futterkrippe gefesselt
war, und alle waren sie von der Tyrannei ihrer Jobs gefangen
und hatten keine Zeit für Freude und Hoffnung. Der Job, der
Sonntagsausflug mit dem Auto im unausweichlichen Dreieck
Haus-Sintra-Cascais, wieder der Job, wieder der Ausflug mit
dem Auto, und das, bis ein Leichenwagen uns an der Ecke des
Infarkts zu fassen bekommt und dem Zyklus mit dem Schluß-
punkt des Prazeres-Friedhofs ein Ende setzt. Schnell, bitte
schnell, betete er mit ganzem Körper zum Gott seiner Kindheit, dem bärtigen schwarzen Mann, der ein enger Freund der
Tanten war, dem Gebieter des humpelnden Sakristans von Nelas, dem göttlichen Taubenzüchterherrn der Almosenkästchen
und der heiligen Expeditusse in den Seitenaltären, mit dem er
die illusionslose Beziehung von Liebenden hatte, die voneinander wenig erwarten. Da niemand ihm antwortete, aß er den
einzigen Champignon, der den Hamburger zierte und einem
aus Mangel an Zahnpasta gelblichen Backenzahn glich. Am
Schweigen seines Freundes erkannte er, daß dieser mit der üblichen Geduld eines ruhigen Baumes auf eine Rechtfertigung
für das Telefongespräch vom Morgen wartete.

— Ich bin ganz unten angekommen, sagte der Psychiater,
während er den Champignon noch auf der Zunge hatte, und
erinnerte sich daran, wie man ihn als Kind beim Katechismusunterricht gewarnt hatte, daß es eine schreckliche Sünde
sei, zu sprechen, bevor man die Hostie heruntergeschluckt
hatte. Ganz tief unten, verflucht. Ganz unten, in der tiefsten
Tiefe.

Neben der Schielenden las ein alter Herr in Erwartung des

Mittagessens Reader's Digest: Ich bin der Hoden von João. Wozu brauchte ein Kerl mit sechzig Jahren Hoden?

– Ich bin ganz unten, in der tiefsten Tiefe angelangt, und ich bin nicht sicher, ob ich aus den Algen, zwischen denen ich mich befinde, wieder herauskomme. Ich bin mir nicht einmal sicher, ob es überhaupt einen Ausweg für mich gibt, verstehst du? Manchmal habe ich die Kranken reden hören und darüber nachgedacht, wie dieser Kerl oder diese Frau sich in den Brunnen stürzten, sah aber keine Möglichkeit, sie da wieder herauszuholen, weil mein Arm zu kurz war. So, wie wenn sie uns als Studenten die Krebskranken auf den Stationen zeigten, die mit der Nabelschnur des Morphiums an der Welt festgemacht waren. Ich dachte an die Angst dieses Kerls oder dieser Frau, holte aus meinem Entsetzen Arzneien und tröstende Worte hervor, hatte aber niemals gedacht, daß ich eines Tages mit zur Truppe gehören würde, denn ich, verdammte Scheiße, hatte Kraft. Ich hatte Kraft: hatte eine Frau, hatte Töchter, das Projekt, zu schreiben, konkrete Dinge, Rettungsringe, die mich an der Oberfläche hielten. Wenn die Angst mich ein wenig piekte, nachts, du kennst das ja, ging ich in das Zimmer der Mädchen, in diese Unordnung kindlichen Plunders, sah sie schlafen und beruhigte mich wieder: Ich fühlte mich gestützt, o ja, gestützt und gerettet. Und plötzlich hat sich mein Leben auf den Kopf gestellt, Scheiße, und sieh mich an, da liege ich Küchenschabe auf dem Rücken und strample mit den Beinen, da gibt es keine Stütze mehr. Wir, verstehst du, ich meine mich und sie, wir mochten einander sehr, wir mögen einander immer noch sehr, und das Verfluchte an all der Scheiße ist, daß ich es nicht schaffe, mich wieder einzukriegen, sie anzurufen und ihr zu sagen, Laß uns kämpfen, weil ich womöglich die Lust am

Kämpfen verloren habe, meine Arme bewegen sich nicht, die Stimme sagt nichts, die Sehnen am Hals halten den Kopf nicht mehr. Und letztlich will ich nur das. Ich glaube, wir beide haben versagt, weil wir nicht zu verzeihen wußten, weil wir uns nicht ganz angenommen fühlten, und in der Zwischenzeit, im Verletzen und Verletztwerden, wächst und widersteht unsere Liebe (es tut gut, das zu sagen: unsere Liebe), und kein Hauch konnte sie bis heute zum Erlöschen bringen. Es ist so, als könnte ich sie nur fern von ihr so ganz und gar lieben, verdammt, sie von nahem zu lieben, Körper an Körper, war, seit wir uns kennengelernt haben, unser Kampf. Ihr das geben, was ich ihr bis heute nicht zu geben wußte und was in mir ist, eingefroren, aber immer noch atmend, ein winziger, verborgener Samen, der wartet. Was ich von Beginn an geben wollte, ihr geben will, die Zärtlichkeit, verstehst du, ohne Egoismus, den Alltag ohne Routine, die absolute Hingabe eines geteilten Lebens, ganz und gar, warm und einfach wie ein Küken auf der Hand, das kleine, verschreckte, zitternde Tier unseres Lebens.

Er schwieg mit einem Kloß in der Kehle, während der Herr mit dem Reader's Digest, nachdem er eine Seite mit einem Knick versehen hatte, bevor er die Zeitschrift zuschlug, den Inhalt eines Zuckerpäckchens mit vorsichtigem Fingerschnippen in den Ikterus des Zitronentees schüttete. Die fette Dame hatte das Eis endgültig besiegt und ließ, satt wie eine Boa, den Kopf leicht nach vorn fallen. Drei junge kurzsichtige Leute hielten über den jeweiligen Beefsteaks eine Konferenz ab, während sie von der Seite eine einsame Blonde anschauten, die, das Messer in der Luft wie ein Storch sein Bein im Innehalten, nicht entschlüsselbaren Meditationen nachhing.

– Keiner von euch beiden wird jemanden wie den anderen

finden, sagte der Freund, indem er den leeren Teller mit dem Handrücken wegschob, keiner von euch beiden wird jemanden finden, der so für den anderen gemacht ist, so mit dem anderen übereinstimmt, aber du strafst dich und strafst dich immer wieder mit dem Schuldgefühl eines Alkoholikers, bist in diese idiotische Wohnung in Estoril gezogen, bist verschwunden, niemand sieht dich mehr, du hast dich in Luft aufgelöst. Ich warte immer noch auf dich, damit wir diese Arbeit über das Acting-out zu Ende schreiben.

– Mir sind die Gedanken ausgegangen, sagte der Arzt.

– Dir ist alles ausgegangen, entgegnete der Freund. Warum rennst du nicht endlich mit den Hörnern gegen die Wand?

Dem Psychiater fiel ein Satz seiner Frau wieder ein, den sie gesagt hatte, kurz bevor sie sich trennten. Sie saßen auf dem roten Sofa im Wohnzimmer unter einem Stich von Bartolomeu, den er sehr schätzte, während die Katze einen warmen Platz zwischen ihrer beider Hüften suchte, und in dem Augenblick wandte sie ihm ihre großen, entschlossenen Augen zu und erklärte:

– Ich lasse nicht zu, daß du aufgibst, mit mir oder ohne mich, denn ich glaube an dich und habe auf dich gesetzt.

Und er erinnerte sich daran, wie dies ihn durchbohrt und ihm weh getan hatte und wie er das Tier weggescheucht hatte, um den schmalen, brünetten Körper der Frau zu umarmen und immer wieder voll bangem Gefühl GTS, GTS, GTS zu sagen: Sie war der erste Mensch, der ihn ganz geliebt hatte, mit all dem riesigen Gewicht seiner Mängel. Und der erste (und einzige), der ihn ermutigt hatte, zu schreiben, koste es, was es wolle, zu dieser scheinbar sinnlosen Tortur, ein Gedicht oder eine Geschichte auf ein Blatt Papier zu bringen. Und ich, fragte er sich, was habe ich wirklich für dich getan, worin habe ich wirklich versucht, dir zu helfen? Indem ich meinen Egoismus deiner Liebe entgegenstellte, mein Desinteresse deinem Interesse, mein Aufgeben deinem Kampf?

– Ich bin einer, der am Arsch ist und um Hilfe bittet, sagte er zum Freund, dermaßen am Arsch, daß ich mich kaum noch auf den Beinen halten kann. Ich bitte wieder einmal um Hilfe, ohne etwas dafür als Gegenleistung zu geben. Ich weine Babykrokodilstränen, weil niemand mir hilft, und am Ende denke ich wahrscheinlich nur an mich.

– Versuch einfach mal zur Abwechslung, ein Mann zu sein, antwortete der Freund, indem er den Bruder Marx am Arm harpunierte, um einen doppelten Espresso zu bestellen. Versuche ein Mann zu sein, wenigstens ein bißchen: Könnte sein, daß dich das im Gleichgewicht hält.

Der Arzt blickte nach unten und bemerkte, daß er den Hamburger nicht einmal angerührt hatte. Der Anblick des kalten Fleisches und der kalten, geronnenen Sauce entfachte in ihm so etwas wie ein qualvolles Schwindelgefühl, das ihm in einem Wirbel vom Bauch in den Mund stieg. Er kletterte vom Hocker herunter wie von einem schwierigen, plötzlich allzu beweglichen Sattel, hielt das Erbrechen durch die Anspannung der Bauchmuskeln zurück, die Hände vor den Mund gebreitet, betäubt. Es gelang ihm noch, die Waschräume zu erreichen, und nach vorn gebeugt begann er, die wirren Reste des Abendessens vom Vortag und des morgendlichen Frühstücks ruckartig in das der Tür am nächsten gelegene Waschbecken auszustoßen, weißliche und glibbrige Stückchen, die widerlich in den Ausguß rutschten. Als er sich wieder ausreichend in der Gewalt hatte, um seinen Mund auszuspülen und die Hände zu waschen, sah er im Spiegel den Freund hinter sich, der sein von Blässe ausgehöhltes Gesicht betrachtete, das noch von Atemnot und den Koliken gezeichnet war.

– Mensch, sagte er zu dem Spiegelbild, dem reglosen Schutzengel seiner Angst vor einem Hintergrund aus Kacheln, Mensch, verdammte Pisse, verfluchte Kacke, bei den Klüten von Pater Inácio, es ist wirklich echt beschissen, ein Mann zu sein. Oder?

Die Wolken, die über den Scherenschnittumrissen des Gefängnisses eine Art Schlafmütze bildeten, erstreckten ihren dunklen Schatten bis mitten in den Park, während der Arzt sich zu seinem Wagen begab, den er wie üblich irgendwo, wo genau, wußte er nicht, geparkt hatte, an irgendeiner Stelle unter dem Goldgrün der Platanen, die den riesigen offenen zentralen Raum bis hinunter zum Fluß weitläufig ohne Majestät säumten. Eine Gruppe auf dem Bürgersteig hockender Zigeuner stritt schreiend um den Besitz einer altersschwachen Wanduhr, deren sich in Agonie befindliches Pendel wie ein von einer Krankentrage herunterhängender Arm hin und her schwang und die hin und wieder das erschöpfte Ticktack eines letzten Atemzuges von sich gab. Es war noch nicht die Tageszeit, in der die Homosexuellen die Lücken zwischen den Bäumen mit ihren wartenden Umrissen bevölkerten, von Wagen liebkost, die sich schmachtend an ihnen rieben wie große gierige Kater und in denen Herren saßen, die mit verletzter Sanftheit alterten wie welkende Veilchen. Der Psychiater hatte dort seine erste Begegnung mit einer Prostituierten, die mit großen Besitzerschritten acht Meter Bürgersteig aus Kalksteinen belegte, majestätisch vor falschen Perlen und grauenhaften Glasringen, eine riesige Bäckersfrau von Aljubarrota, die ihn mit kleinen Schlägen mit ihrer Handtasche vor dem Nixenlächeln von ein paar in roten Satin gepreßten Transvestiten rettete, die an den Füßen Knobelbecher trugen, Fähnriche, die den Sold mit Halbtagskarnevals aufrundeten, um ihn dann autoritär in ein fensterloses Zimmer mit betrunkenen Mönchen an den Wänden und einem Foto von Cary Grant auf dem Häkeloval der Kommode zu schleppen. Zwischen Schüchternheit und Begehren erlebte der Arzt in Socken, an seine Kleider geklammert, von denen er nicht wußte, wo er sie ablegen konnte, die Verwandlung dieser Ramsch-Mata-Hari in ein Wesen, das jenem Telefonbücher zerreißenden Ungeheuer mit der Herkulesbrust aus dem Wanderzirkus mit seinem Elend glanzloser Pailletten ähnelte, das im Sommer am Strand die räudigen Tiger ausführte. Die Frau schlüpfte zwischen die Bettlaken wie eine Scheibe Schinken zwischen zwei Brothälften, und er näherte sich, sprachlos, bis er ängstlich die Überdecke berührte, wie jemand, der in fröstelnder Ballettattitüde mit dem Überbein die Temperatur des Schwimmbads prüft. Die Tulpe an der Decke enthüllte eine Kugelkarte unbekannter Kontinente, die die Feuchtigkeit auf den Putz malte. Der ungeduldige Schrei, Wird das heute noch mal was, Jungchen, warf ihn mit der Heftigkeit eines keinen Widerspruch duldenden Fußtritts auf das Bett, und der Psychiater verlor seine Jungfräulichkeit, als er ganz und gar in einen riesigen, haarigen Tunnel eindrang, dabei die Nase in das Kopfkissen versenkte, das wie ein Weihnachtsbaum mit Watteflocken mit Haarnadeln übersät war, an denen, fettigen Plättchen gleich, Schuppenplacken klebten. Zwei Tage später, als er brennendes Stearin in die Unterhosen tropfte, erlangte er durch die Injektionen des Apothekers die Gewißheit, daß die Liebe eine gefährliche Krankheit ist, die er mit einer Schachtel Ampullen und Waschungen mit lauwarmem Permanganat im Bidet des Dienstmädchens kurierte, um die Heftigkeit der Leidenschaften vor der fragenden Neugier der Mutter zu verbergen.

Aber zu dieser unschuldigen Tageszeit war der Park allenfalls mit fröhlichen Japanern bevölkert, die sich gegenseitig in einer Wellensittichsprache grüßten und denen die Zigeuner die Wanduhr mit einer Entschlossenheit aufzudrängen versuchten, mit der Maizena-Brei in die Rachen renitenter Kinder geschaufelt wird, und die Japaner schauten überrascht dieses merkwürdige Minutenlager an, dessen Pendel hinter einem Glastürchen hing wie das von Dornen umringte Herz Jesu auf den Gebetsbildchen, als würden sie, zwischen Neugier und Entsetzen, einen Vorfahren betrachten, der vage den verchromten Ufos ähnelte, die ihnen von den schmalen Handgelenken Lichtbotschaften zublitzten. Der Psychiater fühlte sich plötzlich neben diesen Wesen prähistorisch, deren schräge Augen Nikonlinsen und deren Magen durch Datsunvergaser ersetzt waren und daher auf ewig befreit von Sodbrennen und Gasen, die zwischen Seufzer und Rülpser zögern: Ich weiß nicht, ob dieses Darmgrummeln Traurigkeit ist, hatte er häufig gedacht, wenn sie ihm die Brust aufbliesen und ihm als Kaugummiballon ohne Kaugummi in den Mund gelangten und sich mit einem leisen Kometenpfeifen zwischen den Lippen davonmachten, und er schrieb aus Bequemlichkeit der Speiseröhre etwas zu, was tatsächlich die Verwirrung seiner Ängste betraf.

Er fand seinen Wagen zwischen zwei riesigen Station-Waggons eingeklemmt, Elfenbeinelefantenbuchstützen der Großtante, die mißmutig einen lächerlichen Faszikel aufrecht hielten: Demnächst werde ich einen Lastwagen mit sechzehn Rädern kaufen und mich so in einen entscheidungsfreudigen

Menschen verwandeln, beschloß der Arzt, als er sich in seinen winzigen Wagen zwängte, dessen Ablage über dem Armaturenbrett von Kassetten, die nicht spielten, und Schachteln von Medikamenten, deren Verfallsdatum seit langem überschritten war, überquoll: Er bewahrte derlei nutzlose Dinge auf, wie andere das Röhrchen mit den Steinen der Gallenoperation in der Hoffnung in der Schublade verwahren, die Vergangenheit mit dem abzustecken, was das Leben am Rande seines Laufes zurückläßt, und er strich hin und wieder mit den Fingern über die Medikamente, wie die Araber ihre geheimnisvollen Glasperlen liebkosen. Ich bin ein Mann in einem gewissen Alter, zitierte er laut, wie er es immer tat, wenn Lissabon mit der meditativen Geste einer Languste in einem Wassertank die Scheren um die Sehnen seines Halses fest schloß und Häuser, Bäume, Plätze und Straßen im Tumult in seinen Kopf drangen wie auf einem Bild von Soutine und einen fleischgierigen und frenetischen Charleston tanzten.

Indem er das Lenkrad in die eine und in die andere Richtung bewegte wie ein Schiffsruder, entkam er den schlafenden Station-Waggon-Nilpferden, die die trägen Scheinwerferaugen vom Asphaltfluß hoben, mit geschwätzigen Vertretern bemannten Säugetieren, die die Provinz auf Safaris durchstreiften, bei denen sie statt auf Eingeborenendörfer auf Musikpavillons trafen, die unter Rostpsoriasis litten und um die herum alte Männer mit Spazierstock herrisch zwischen ihre Schafsledersteifel spuckten, und er reihte sich in die immer wieder unterbrochene Ameisenstraße des Verkehrs ein, der in der Ferne von einem Augenzwinkern der Ampel befehligt wurde, dem jede Sinnlichkeit fehlte. Das leuchtende Grün ähnelte der Iris meiner älteren Tochter, wenn sie voller Vergnügen unter den zerzausten blonden Haaren lächelte, eine winzige Zauberin, die während der Fahrten mit dem Karussell voller überbordender Freude auf dem Hexenbesen eines hölzernen Pferdchens saß: Der Psychiater empfand sie dann als sehr viel älter, als sie tatsächlich war, und fühlte sich selber, wenn er an die Eisenbalustrade gelehnt dastand und melancholisch den Angestellten bezahlte, wie ein alter Herr, der in langen Unterhosen auf das nächste Ziel, den Prostatakrebs und die letzte Urinflasche, zustolperte, das armselige, finale Feuerwerk der anonymen Schicksale.

Während der Motor seines Wagens dem stoßweisen Aufwallen von Verdauungsproblemen einer langen Reihe von Kühlerhauben entsprechend stotterte, suchte er in den barokkisierenden Architekturkleinoden an den Ecken, verkleinerten Hieronymusklöstern, die in ihrem Inneren Dynastien von Reservehauptleuten und verrückte Achtzigjährige beherbergten, die Praxis seines Zahnarztes: Er arbeitete Freitagnachmittag nicht und tat alles, um den langen, hohlen Tunnel der Wochenenden mit kleinen, nebensächlichen Tätigkeiten zu möblieren, so wie seine Tanten den bequemen Morgenzeitraum füllten, indem sie, mit Rosenkränzen, guten Worten und Fünf-Centavo-Stücken bewaffnet, diejenigen besuchten, die sie mit Besitzerstolz »unsere armen Leutchen« nannten, anpassungsfähige Kreaturen, die der beunruhigende schwarze Mann des Kommunismus noch nicht mit Zweifeln über die Tugend der Sãozinha überfallen hatte. Der Arzt hatte sie ein paarmal bei diesen finster-frommen Überfällen begleitet (»Geh nicht so nah an sie ran wegen der Krankheiten«), bewahrte immer noch die schmerzliche Erinnerung an den Geruch nach Hunger und Elend und an den Gelähmten, der im Schlamm zwischen den Baracken herumkroch, die Hand zu den Tanten ausgestreckt, die ihm mit gezücktem Gebetbuch den Luxus der Ewigkeit garantierten, falls er, was eine entscheidende Voraussetzung war, strengstens darauf achtete, die Silbergegenstände unserer Familie nicht anzutasten.

Auf dem Nachhauseweg wurde der Psychiater seinerseits im Glauben unterwiesen (»Du mußt beten, damit es keine Revolution gibt, mein Junge, denn diese Leutchen sind imstande, uns alle umzubringen«), wobei sie ihm erklärten, daß Gott, ein ausgesprochen konservatives Wesen, das Gleichgewicht der Institutionen sicherte und denjenigen, die keinen Dienstboten hatten, eine großartige galoppierende Schwindsucht schenkte, die ihnen den täglichen Ärger der Hausarbeit und die Hitzewallungen der Menopause ersparte, diese scharlachroten Wellen, die sie an die peinliche Tatsache erinnerten, unter den Röcken die wenn auch absterbenden Bedürfnisse eines Geschlechts zu besitzen. Und ihm fiel ein, daß seine Mutter, als er angefangen hatte zu onanieren, ihrem Mann beunruhigt einen Fleck in der Unterhose gezeigt hatte, woraufhin er förmlich dazu aufgefordert worden war, sich im Arbeitszimmer einzufinden, dem Hochaltar des Hauses, in dem der Vater mit einer Pfeife zwischen den Kiefern unaufhörlich in deutschen Büchern fremdartige Krankheiten studierte. Allein schon ins Arbeitszimmer gerufen zu werden kam in seiner Kindheit einem feierlichen und schrecklichen Akt gleich, und man trat, die Hände hinter dem Rücken, während sich die Zunge bereits in Entschuldigungen verhedderte, resigniert in diesen hehren Ort ein wie ein Kalb in den Schlachthof. Der Vater, der auf einem Brett schrieb, das er auf den Knien hielt, warf ihm einen strengen Seitenblick zu, der wie ein schwarzes Kleid war, bei dem

man die Unterrockspitze eines flüchtigen Verständnisses erkennen konnte, und sagte mit seiner schönen, tiefen Stimme,
mit der er, auf der Bettkante sitzend, das Buch in der Hand,
während der Halsentzündungen des Sohnes die Sonette von
Antero de Quental feierlich rezitierte, als führe er ein Initia-
tionsritual durch:

– Sieh zu, daß du aufpaßt und dich wäschst.

Und es war dies das erste Mal, dachte der Arzt, daß er sich
körperlich bewußt wurde, daß der Vater einmal jung gewesen
war, und sich, während er das magere, ernste Gesicht ansah,
das aus Knochen und eindringlichen, leuchtend grauen Augen
bestand, der beängstigenden Gewißheit stellte, seinerseits von
Metamorphose zu Metamorphose stolpern zu müssen, um zu
jenem vollkommenen Insekt zu werden, was ihm jedoch nie
gelingen würde. Ich werde es nicht schaffen, ich werde es nicht
schaffen, ich werde es nicht schaffen, sagte er immer wieder,
als er auf dem Teppich im Arbeitszimmer stand und die Quä-
kersilhouette des Vaters anstarrte, der aufmerksam über das
Papier gebeugt dasaß wie eine Stickerin. Die Zukunft tauchte
vor ihm als dunkler, durstiger Abfluß auf, der darauf wartete,
seinen Körper in den rostigen Rachen zu saugen, ein Weg, der
kopfüber, kopfunter von einem Siel zum anderen hin zum
Meer des unheilbaren Alters führte, dessen Ebbe Zähne und
Haare einer Hinfälligkeit auf dem Sand zurückließ, die keine
Majestät besaß. Das Bild der Mutter lächelte vom Regal her
melancholischen Rosenglanz, als würde der Morgen ihrer Fröhlichkeit nur mühsam das blasse Fensterglas der Lippen durchdringen: Auch sie hatte es, zwischen Canasta und Eça de Queiroz schwankend, nicht geschafft und verlor sich, allein in einer
Sofaecke, in rätselhaften Meditationen, und möglicherweise

war mit den anderen, dem Rest des Stammes, das gleiche geschehen, waren sie allein, wenn nicht gar einsam, durch die Unendlichkeit der Verzweiflung unabänderlich von den anderen getrennt. Er sah den Großvater auf der Veranda des Hauses in Nelas an jenen Abenden in der Beira wieder, an denen die Dämmerung über dem Gebirge die lila Nebel biblischer Filme ausbreitet, wie er bitter die Kastanienbäume anschaute wie ein Admiral hoch oben auf einem untergehenden Schiff, sah die Großmutter wieder, wie sie das Fieber ihrer nutzlosen Energie, deren Flamme stets brannte, den Flur hinauf- und hinuntertrug, die Verwandten, die der Alltag plastifiziert hatte, die lauwarme Resignation der Besucher, die Stille, die sich unvermittelt über das Geräusch der Gespräche legte und in der sich die Menschen erschrocken bewegten, von Ängsten erfüllt, die nicht zum Ausdruck kamen. Wer schaffte es, fragte sich der Psychiater, während er in der Nähe der Praxis des Zahnarztes nach einem Platz für seinen Wagen suchte und rückwärts bei einem leprösen Kolonialwarenladen einparkte, der mit seinem Reis und seinen Kartoffeln von einem riesigen Supermarkt ermordet wurde, der den schreckensstarren Besuchern vorgekautes amerikanisches Essen anbot, eingewickelt ins Zellophan der Stimme von Andy Williams, die sich aus kenntnisreich verteilten Lautsprechern als verführerischer Atem verflüchtigte, wer schaffte es, von sich aus sich selber das perfekte Profil eines rumänischen Turners zu geben, der reglos in den Ringen hängt und aus den Tarzanachselhöhlen Talkumpuderwolken stäubt. Vielleicht bin ich ja tot, dachte er, ganz sicher bin ich gestorben, damit mir nichts Wichtiges mehr passieren kann, mir nur der Wundbrand den Körper von innen aushöhlt, der Kopf ideenleer ist, und oben, an der Oberfläche, bewegt sich weich und suchend die Hand des Windes in den Wipfeln der Zypressen, mit einem Rascheln von alten Zeitungsseiten, die zerknüllt werden.

Auf dem Flur der Zahnarztpraxis schwebte unsichtbar im Halbdunkel, beharrlich wie eine Schmeißfliege, das Summen des Bohrers auf der Suche nach dem Zuckerwürfel eines ahnungslosen Backenzahns. Die Angestellte, die mager und blaß war wie eine blutarme Gräfin, reichte ihm von der anderen Seite des Tresens her durchsichtige Finger:

– Geht es Ihnen heute ein kleines bißchen besser, Herr Doktor?

Sie gehörte zu der Sorte Portugiesen, die die Ereignisse im Leben zu einer Gänsehaut verursachenden Folge von Diminutiven machen: In der vorangegangenen Woche hatte der Arzt sich niedergeschmettert den minutiösen Bericht über die Grippe des Sohnes der Angestellten angehört, eines perversen Kindes, dessen Vergnügen darin bestand, mit den Stöpseln der Telefonzentrale zu spielen und dabei die Schmerzensschreie Lissabonner Abszesse nach Boston oder Neapel umzuleiten.

– Ihm tat das Bäuchlein weh, da habe ich ihm das Thermometer unters Ärmchen gesteckt, die Äuglein des Kleinen, das arme Häschen, waren so was von entzündet, das können Sie sich nicht vorstellen, und dann hat er eine Woche lang Hühnerbrühchen bekommen, ich habe schon überlegt, ob ich Ihr Väterchen anrufen sollte, man weiß ja nie, ob in diesem Alter das Köpfchen nicht auch was mit abbekommt, jetzt geht es ihm aber Gott sei Dank wieder besser, der heiligen Philomena habe ich ein Kerzchen versprochen, den Kleinen habe ich im Bettchen sitzen und Empfangsdame spielen lassen, da er es nicht hier machen kann, tut er so, als würde er dort die Anrufe entgegennehmen, gerade eben noch hat sich der Herr Ingenieur Godinho, dieser etwas kräftige, sehr sympathische Herr, nichts für ungut, gewundert, nicht meinen kleinen Edgar zu hören, er war so an ihn gewöhnt, er hat sogar zu mir gesagt, Wo ist denn der Junge, Dona Delmira? So Gott will, ist er nächste Woche wieder da, Herr Ingenieur, habe ich gesagt, und es ist ja nicht, weil er mein Sohn ist, ich will mich ja nicht selbst loben, aber Sie können sich gar nicht vorstellen, wie begabt er für Kopfhörer ist, Herr Doktor, wenn er groß ist, wird er bestimmt bei der Marconi anfangen, meine Schwester sagt immer, So einen wie Edgar Filipe habe ich noch nie gesehen, sie nennt ihn immer Edgar Filipe, so heißt er nämlich, Edgar hat er vom Vater und Filipe vom Paten, ich habe noch nie jemanden gesehen, der so gut mit einer Telefonanlage umgehen kann, und das stimmt, meine Schwester ist mit einem Elektriker verheiratet und hat einen Blick für so was, die heilige Muttergottes wird hoffentlich dafür sorgen, daß die Grippe seinen Öhrchen keinen Schaden zufügt. Da mag ich gar nicht dran denken, da wird mir gleich ganz schwindlig, ich nehme nämlich Effortil, der Kassenarzt hat mich gewarnt, Sie müssen mit dem Blutdruck aufpassen, an den Nieren haben Sie nichts, aber passen Sie mit dem Blutdruck auf, und Ihren nächsten kleinen Termin habe ich auf Freitag gelegt, Herr Doktor.

Dieses Filigrankaravellengerede löst in mir die verwunderte Begeisterung aus, die auch Häkeldeckchen und die Bemalung von Karussells erwecken, dachte der Doktor, Amulette eines Volkes, das in einer Landschaft im Todeskampf liegt, die aus Katzen auf Fensterbänken im Erdgeschoß und unterirdischen Pissoirs besteht. Sogar der Fluß seufzt tief unten in den

Toiletten sein Asthma ohne Größe: Seit das Kap Bojador umschifft wurde, ist das Meer unwiderruflich dick und zahm geworden wie die Hunde der Concierges, die nervtötend unterwürfig ihr kastriertes Hinterteil an unseren Fußknöcheln reiben. Da er eine erneute Beschreibung von gesundheitlichen Unglücksfällen fürchtete, verschwand der Arzt in der Grotte des Warteraums wie ein von einem Krabbenfischer bedrohter Krebs. Dort garantierte ihm ein Stapel missionarischer Zeitschriften neben der schmiedeeisernen Stehlampe, die um sich herum das gedämpfte Licht eines schielenden Auges verbreitete, den unschuldigen Frieden eines Vaterunsers auf Zulu. Während er die Hüften auf dem Sofa aus schwarzem Leder unterbrachte, das von unzähligen, ihm vorangegangenen Kariesfällen abgenutzt war, ein in Form eines Stuhls einbalsamiertes Pferd, das möglicherweise noch drei oder vier ungeschickte Huftritte verteilen konnte, zog er aus dem Stapel der tugendhaften Zeitschriften die Reste einer Wochenpublikation mit einer lachenden, mestizischen Nonne auf dem Deckblatt heraus, worin ein irischer Priester in einem langen, mit Zebras illustrierten Artikel von der fruchtbaren Bekehrung eines Pygmäenstammes erzählte, aus dem zwei, der Diakon M'Fulum und der Unterdiakon T'Loclu, heute in Rom die revolutionäre These vorbereiteten, die die genaue Höhe der Arche Noah anhand der Berechnung der durchschnittlichen Länge der Giraffenhälse festlegte: Die Ethno-Theologie stürzte den Katechismus. Bald schon würde ein Kanonikus aus Saudi-Arabien zeigen, daß Adam ein Kamel war, die Schlange eine Pipeline Gottvaters, eines Scheichs mit Ray-Ban-Brille, der im Paradies Scharen von Eunuchenengeln von seinem sechstürigen Mercedes aus befehligte. Einen Augenblick lang dachte der Psychiater, Aga

Khan sei tatsächlich eine Inkarnation Jesu Christi, der sich für die Qualen auf dem Kalvarienberg rächte, indem er in Begleitung der Miss Filipinas die Schweizer Berge auf Skiern heruntersauste, und die wahren Heiligen seien die gebräunten Kerle, die mit den männlichen Gebärden eines postkoitalen Triumphgefühls Rothmann's-King-Size-Packungen anboten. Er verglich sich im Geiste mit ihnen, und die Erinnerung an die Gestalt, die er hin und wieder unvermittelt in den Spiegeln der Pastelarias sah, mager, zerbrechlich und mit so etwas wie einer unvollendeten Grazie begabt, ließ ihn das millionste Mal mit seiner irdischen Herkunft hadern, die einer ruhmlosen Zukunft entgegensah. Ein ständiger Schmerz wrang seine Kinnlade aus. Er fühlte sich allein und wehrlos angesichts eines unsinnigen Schachspiels, dessen Regeln er nicht kannte. Er brauchte dringend eine Kindergärtnerin, die ihm das Laufen beibrachte und dabei die großzügigen, heißen, vom weichen Stoff eines rosa Büstenhalters zurückgehaltenen Brüste einer römischen Wölfin zu ihm herunterneigte. Niemand wartete irgendwo auf ihn. Niemand kümmerte sich besonders um ihn. Und das Ledersofa wurde zu einem Schiffbrüchigenfloß, das durch die menschenleere Stadt trieb.

Diese schwindelerregende Gewißheit von Leere, die ihn immer häufiger in den Morgenstunden heimsuchte, wenn er sich um sich selbst herum mühsam mit den pastösen und fett gewordenen Gesten eines Entdeckers neu zusammensetzte, der von Sternenreisen zurückkommt und sich mit verschwiemelten Augen auf zwei Meter zerwühltem Bettlaken wiederfindet, löste sich ein wenig auf, als er Schritte auf dem Flur der Praxis näher kommen hörte, die von der Stimme der Blutarmen begrüßt wurden (»Guten Tag, Fräulein Edite, Sie müssen noch einen kleinen Augenblick im Wartezimmer warten«), und sie drang aus dem Kabuff wie das weinerliche Gebetsgemurmel von jemandem, der aus der Mauerspalte einer Moschee heraus den Koran aufsagt. Als er das Kinn von den durch den spirituellen Weg des heiligen Luís Gonzaga erleuchteten Pygmäen hob, traf er auf ein rotblondes Mädchen, das sich auf dem Zwillingsstuhl zu seinem auf der der Lampe gegenüberliegenden Seite hingesetzt hatte und nach einem ersten prüfenden Seitenblick, der kurz und aufmerksam war wie die Lichtzunge eines Scheinwerfers, die hellen Augen mit dem Wimpernwinken auf ihn richtete, mit dem sich die Turteltauben in die Ellenbogenbeuge der Statuen kuscheln. Im Gebäude auf der anderen Seite der Straße schüttelte eine sehr dicke Frau zwischen Geranien einen Teppich aus, während der Nachbar darüber auf dem Balkon im Unterhemd auf einem Segeltuchhocker die Sportzeitung las. Es war Viertel nach zwei Uhr nachmittags. Das rotblonde Mädchen zog ein Buch der Reihe Vampiro aus der Tasche, in dem als Lesezeichen ein U-Bahn-Ticket steckte, schlug die Beine übereinander wie die beiden Messer einer Schere, und die Kurve ihres Fußrückens ähnelte der der Tänzerinnen von Degas, die, in den Wattedunst der Zärtlichkeit des Malers gewickelt, in Gesten innehielten, die zugleich flüchtig und ewig waren: Es gibt immer Leute, die in Verzückung geraten, wenn Menschen fliegen.

– Hallo, sagte der Arzt in dem Tonfall, mit dem sich Picasso an seine Taube gewandt haben wird.

Die Augenbrauen des rotblonden Mädchens näherten sich einander, bis sie den Zirkumflexakzent eines Kiosks bildeten, den die Platanenzweige loser Haarsträhnen leicht berührten:

– Es begab sich zur Zeit, als die Zahnschmerzen redeten, sagte sie. Sie hatte eine Stimme, die so klang wie wahrscheinlich Marlene Dietrich in ihren Jugendjahren.

– Mir tut kein Zahn weh, weil alle Zähne, die ich benutze, künstlich sind, informierte sie der Arzt. Ich bin hier, um sie gegen Walbarten auszutauschen, damit ich die Fische aus dem Aquarium meiner Patentante besser schlucken kann.

– Ich bin hier, um den Zahnarzt zu ermorden, erklärte das rotblonde Mädchen. Ich habe das Wie gerade von Perry Mason gelernt.

Zu Gymnasiumszeiten hast du sicher die Gleichungen zweiten Grades im Handumdrehen gelöst, dachte der Psychiater, den pragmatische Frauen erschreckten: Sein Bereich war immer der des wirren, wandelnden Traumes gewesen, ohne Logarithmentafeln, die ihn entziffern könnten, und er konnte sich nur mühsam mit dem Gedanken einer geometrischen Lebensordnung anfreunden, in der er sich verloren vorkam wie eine Ameise ohne Kompaß. Daher sein Gefühl, daß er nur in der Vergangenheit existierte und die Tage rückwärts glitten wie auf den alten Uhren, deren Zeiger sich gegenläufig, auf der Suche nach den Verstorbenen der Fotos bewegten, die langsam von der Wiedererweckung der Stunden erhellt wurden. Die Großeltern aus Brasilien reckten ihre gelben Bärte aus den Alben, Ballonröcke blähten sich in den Schubladen mit den Fotos, ferne Cousinen mit Gamaschen unterhielten sich im Salon, Senhor Barros e Castro rezitierte mit affektierter Diktion Gomes Leal. Wie alt bin ich? fragte er sich, womit er zur regelmäßigen Verifizierung seiner selbst schritt, die ihm ein prekäres Verständnis der äußeren Realität erlaubte, einer klebrigen Masse, in der seine Schritte verblüfft, ziellos einsanken.

Seine Töchter, der Personalausweis und der Ort im Krankenhaus verankerten ihn noch mit dem Alltag, allerdings mit so
feinen Fäden, daß er weiterhin schwebte, ein haariger kleiner
Samen, von Atemzug zu Atemzug zögernd. Seit er sich von
seiner Frau getrennt hatte, hatte er Bodenhaftung und Richtung verloren: Seine Hosen waren ihm in der Taille zu weit, ihm
fehlten die Knöpfe am Hemdkragen, er begann allmählich, wie
ein asozialer Vagabund auszusehen, an dessen wohlrasiertem
Bart man die Asche einer ordentlichen Vergangenheit erkannte. In letzter Zeit fand er, wenn er sich im Spiegel betrachtete,
daß seine Züge sich entvölkerten, Falten der Entmutigung an
die Stelle der Lachfalten traten. In seinem Gesicht gab es zu-
nehmend mehr Stirn: Bald schon würde er den Scheitel am
Ohr ziehen und in einem lächerlichen Traum von Jugend sechs
oder sieben von Haargel klebrige Strähnen über die Glatze legen. Er erinnerte sich plötzlich an den traurigen Seufzer seiner Mutter:

– Meine Söhne sind alle so hübsch, bis sie dreißig werden.

Und er wünschte sich verzweifelt, an die Startlinie zurückzukehren, an der das Siegesversprechen nicht nur erlaubt,
sondern sogar gezwungenermaßen erwünscht ist: Der Bereich
von Vorhaben, die sich niemals umsetzen lassen würden, war
ein wenig seine Heimat, sein Stadtteil, das Haus, das er bis
in seine winzigsten Winkel auswendig kannte, die wackligen
Stühle, die Insekten, die intimen Gerüche, die knackenden
Dielen.

– Möchten Sie heute mit mir zu Abend essen? fragte er das
rotblonde Mädchen, das sein verbrecherisches Vorhaben anhand der mittelmäßigen Schlußfolgerungen Perry Masons ver-

vollkommnete, der im Gericht Syllogismen von unerbittlicher Dummheit aneinanderreihte.

Die Blutarme rief ihn vom Flur her: Er notierte sich eilig die Telefonnummer auf einem aus der Missionszeitschrift herausgerissenen Stück Papier, auf dem eine Gruppe kannibalischer Sakristane heimlich voller Appetit zusammen aßen (Um sieben? Um halb acht? Sie kommen um halb acht vom Friseur?), und wandte sich zum Behandlungszimmer des Arztes, wobei er sich die rotblonden Schenkel vorstellte, wie sie nach dem Liebesakt zufrieden hingegossen auf dem Bettlaken lagen, die rotblonde Scham, den Duft der Haut. Er setzte sich auf den Folterstuhl, umgeben von finsteren Werkzeugen, Bohrern, Haken, Sonden, Eisen, einem Gaumen auf einem Teller, und gab sich der anregenden Aufgabe hin, sich ihre Wohnung vorzustellen: Kissen auf dem Boden, Bücher vom Buchclub auf den Regalen, Krimskrams von Frauen, die ihre Unschuld nur durch Plüschtiere wiederherstellen, Fotos, die verflossene Idyllen feiern, eine Freundin mit Brille und schlechter Haut, die zwischen antibürgerlichen Rauschschwaden der Marke Três Vintes die Linke diskutierte. Wenn der Arzt seine misogynen Anfälle hatte, klassifizierte er die Frauen immer aufgrund der Zigaretten, die sie rauchten: Die Rasse Marlboro-aber-nicht-geschmuggelt las Gore Vidal, verbrachte den Sommer auf Ibiza, fand Giscard d'Estaing und Prinz Philipp richtig süß und hielt Intelligenz für ein merkwürdiges Ärgernis; der Typ Marlboro-aber-geschmuggelt interessierte sich für Design, Bridge und Agatha Christie (auf englisch), ging immer ins Schwimmbad von Muxaxo und hielt Kultur für ein irgendwie amüsantes Phänomen, wenn sie mit der Liebe zum Golf einherging; die Sorte SG-Gigante mochte Jean Ferrat, Truffaut und den

Nouvel Observateur, wählte die Sozialisten, und ihre Beziehung zu Männern war zugleich emanzipiert und ikonoklastisch; die Klasse SG-Filter hatte ein Poster mit Che Guevara an der Wand, nährte sich geistig von Reich und Dekorationszeitschriften, konnte nicht ohne Tabletten schlafen und kampierte am Wochenende an der Lagune von Albufeira, wo sie konspirative Pläne für die Gründung einer marxistischen Arbeitsgruppe schmiedete; die vom Stil Português-Suave schminkte sich nicht, trug die Fingernägel ganz kurz, studierte Antipsychiatrie und litt in verquerer Liebe zu häßlichen Liedermachern, die verblichene, karierte Fischerhemden trugen und deren Verständnis von der Gesellschaft kategorisch und schematisch war; schließlich das Lumpenproletariat der Selbstdreherinnen, die beim Klang von Pink Floyd auf dem batteriebetriebenen Plattenspieler neben der Suzuki ihrer Zufallsfreunde dahinschmolzen, junger Leute, die auf den Rücken ihrer Plastikblousons für Koni-Stoßdämpfer Reklame machten. Am Rande dieser vereinfachten Taxonomie befand sich die Mundstück-Gruppe, menopausierende Besitzerinnen von Boutiquen, Antiquariaten und Restaurants in der Alfama, die vor marokkanischen Armreifen klingelten und direkt von den Bemühungen der Schönheitsinstitute in die Arme zu junger oder zu alter Männer eilten, die ihre Melancholien und Sehnsüchte in Zweizimmerwohnungen im Stil Campo de Ourique hegten und pflegten, welche von der Stimme Leo Ferrés erfüllt und mit den Puppen von Rosa Ramalho gefüllt waren und in denen die indirekten Lampen die verbrauchten Brüste mit einem verschämten, zuträglichen Halbdunkel färbten. Du, dachte er und meinte damit seine Frau, während der Zahnarzt, eine Art sarkastischer Mephistopheles, ein ungeheures Boxringlicht auf seine Pupillen lenkte, du, dachte er, bist der Lächerlichkeit und der Ironie immer entgangen, hinter der ich die Zärtlichkeit, für die ich mich schäme, und das Gefühl, das mich erschreckt, zu verbergen versuche, vielleicht, weil du von Anfang an gemerkt hast, daß hinter der Herausforderung, der Aggressivität, der Arroganz ein ängstlicher Ruf stand, ein blinder Schrei, der schmerzliche Blick eines Tauben, der nichts versteht und auf den Lippen der anderen die befriedenden Worte zu entziffern versucht, die er braucht. Du bist gekommen, ohne daß ich dich gerufen hatte, hast mein Leiden und meine Angst immer gestützt, wir sind auf gleicher Höhe gewachsen, haben voneinander die Gemeinsamkeit geteilter Isolation gelernt, wie damals, als ich im Regen nach Angola aufgebrochen bin und deine trockenen Augen sich wortlos von mir verabschiedet haben, dunkle Steine, die in sich so etwas wie den Saft der Liebe wahrten. Und er erinnerte sich an ihren Körper auf dem Bett an den Nachmittagen in Marimba unter den riesigen Mangobäumen voller Fledermäuse, die, an den Füßen herabhängend wie fleischfressende Regenschirme (Engel der Mäuse nannte sie eine Freundin), auf den Abend warteten, und daran, wie die älteste Tochter, die damals laufen lernte, sich an den Wänden festhaltend auf sie zustolperte. Wir halten nicht vielen Herausforderungen stand, befand der Psychiater in dem Augenblick, als der Zahnarzt ihm den Absauger in den Mundwinkel hängte, wir halten nicht vielen Herausforderungen stand und ergreifen fast immer bei der ersten Schwierigkeit die Flucht, geben uns ohne Kampf geschlagen, müde Hunde, die hinter dem Hotel im langsamen Trott des ungesättigten Hungers herumlungern. Das Geräusch des Bohrers, das sich mit Wespeningrimm näherte, holte ihn in die Realität des bevorstehenden Schmerzes zurück, wenn dieser Mini-Black-&-Decker den Kiefer berühren würde. Der Arzt packte die Armstützen des Stuhls mit beiden Händen, spannte die Bauchmuskeln an, kniff die Augen fest zu und stellte sich wie immer angesichts von Leiden, Angst und Schlaflosigkeit das Meer vor.

Draußen schleppten sich die Straßen noch immer, einen Bürgersteig in der Sonne und den anderen im Schatten, dahin wie Humpelnde in zwei ungleichen Schuhen, und der Arzt blieb an der Tür der Praxis stehen und tastete seine schmerzende Kinnlade ab, um sich zu versichern, daß er von den Augen abwärts noch immer existierte: Seit er in Afrika gesehen hatte, wie die Augen der Krokodile im Fluß auf der Suche nach Körpern herumschwammen, die sie verloren hatten, fürchtete er, sich von sich selbst zu lösen und ohne den Ballast der Eingeweide um die blinden Paso-doble-Chopins herumzuschweben, die die Straßenecken mit ihren rheumatischen Akkordeons verstimmten. Diese Stadt, die seine war, bot ihm mit ihren Boulevards und Plätzen immer das unendlich wandelbare Gesicht einer kapriziösen Geliebten dar, das die Bäume mit ihrem Schattenkegel melancholischer Gewissensbisse verdunkelten, und es passierte ihm, daß er plötzlich vor den Neptunen der Teiche stand wie ein Betrunkener, der, wenn er sich von einer Laterne löst, unvermittelt auf das grimmige Kinn eines humorlosen Polizisten stößt, dessen kulturelle Nahrung aus den Grammatikfehlern des Gefreiten auf der Wache besteht. Alle Statuen wiesen mit dem Finger zum Meer, luden nach Indien oder zu einem diskreten Selbstmord ein, je nach Seelenzustand und dem Grad der Abenteuersehnsucht im Lager der Kindheit: Der Psychiater beobachtete die Umzugspacker, die riesige Pianotanker schoben, und delegierte an sie die körperliche und geistige Anstrengung, die er aufgegeben hatte, da er in seinem Inneren saß wie die verlassenen Alten der Eskimos auf dem Eis, die kein Empfinden mehr haben für die Nordlichtagonie, die sie bewohnt. Als er aus dem Krieg zurückkam, hatte der Arzt, der sich inzwischen an den Busch, an die Sonnenblumenfarmen und den geduldigen, ewigen Zeitbegriff der Schwarzen gewöhnt hatte, für die Minuten, unvermittelt elastisch, zu ganzen Wochen ruhiger Erwartung werden konnten, in seinem Inneren eine große Anpassungsleistung vollbringen müssen, um sich wieder mit den Fliesenfassaden der Gebäude anzufreunden, die seine heimischen Hütten waren. Die Blässe der Gesichter ließ ihn eine kollektive Anämie diagnostizieren, und das akzentfreie Portugiesisch wirkte auf ihn so bar jeden Zaubers wie der Alltag eines Buchhalters. Um ihn herum waren Kerle mit dem Büßerriemen einer Krawatte mit bissigen Streitereien um des Kaisers Bart beschäftigt: Gott Zumbi, der Herr des Schicksals und des Regens, hatte, von einem Kontinent verführt, auf dem sogar der Tod die stürmische Freude einer triumphalen Geburt besaß, den Äquator nicht überschritten. Zwischen Angola, das er verloren, und Lissabon, das er nicht wiedererlangt hatte, fühlte sich der Arzt doppelt verwaist, und dieser Zustand der Heimatlosigkeit dauerte schmerzhaft an, weil sich während seiner Abwesenheit viel verändert hatte, die Straßen knickten in unvorhergesehenen Biegungen ab, Fernsehantennen verscheuchten die Tauben zum Fluß hinunter, zwangen sie zu einem Möwenschicksal, unerwartete Falten verliehen den Tanten den Ausdruck illusionsloser Montaignes, die vervielfältigten Familienfeste schoben ihn in die Vorgeschichte von Fortsetzungsromanen, von denen er nur die Ereignisse aus dem Paläolithikum kannte. Cousins, die er in kurzen Hosen verlassen hatte, brummelten einen Protest, den er nicht nachvollziehen konnte, in die sprießenden Bärte, es wurden Verstorbene gefeiert, die er beim Sammeln von Schatzbriefen zurückgelassen hatte, auf die sie ihren kindlichen Appetit, Kronkorken zu häufen, verlagert hatten: Im Grunde war es so, als wäre er eine Neuauflage von Frei Luís de Sousa im Blazer.

Und daher bestieg er an den freien Nachmittagen das kleine, verbeulte Auto und schritt zu einer methodischen Bestandsaufnahme der Stadt, Stadtteil für Stadtteil und Kirche für Kirche, in einer Wallfahrt, die unweigerlich am Kai Rocha do Conde de Óbidos endete, von wo er eines Tages zu seinem aufgezwungenen Abenteuer aufgebrochen war und zu dem er aber trotzdem die respektvolle, masochistische Beziehung hatte, die die Opfer ihren pensionierten Henkern vorbehalten. Die Praxis des Zahnarztes lag in einer Zone Lissabons, die so fade war wie eine Hepatitisdiät und in der Blumenverkäufer die Körbe mit ihren sterbenden Frühlingen auf den Bürgersteig stellten, wo sie eine Totenwachenatmosphäre verbreiteten und ihn an die Nacht erinnerten, in der er in der Nähe des Castelo de São Jorge in einem französischen Restaurant zu Abend gegessen hatte, in dem der Preis für die Gerichte einen zu Tabletten gegen das Sodbrennen greifen ließ, das die Zartheit des Filet Mignon einem ersparte. Es war zur Zeit der Stadtheiligen, und die Stadt hatte sich in einer Art mystisch-profanem Karneval kostümiert, wie eine nackte Frau, die vor Glasjuwelen funkelt: Der Atem von Marschmusik brodelte in den Regenrinnen, begräbnisfinster amüsierte Notare fielen mit Drakulagebärden in die Alfama ein. Der Platz mit dem

Restaurant, der über dem Fluß hing wie ein mit den niedrigen, von Koliken verzerrten Häusern der Bilder von Cézanne bestandener Zeppelin, war mit Bäumen bevölkert und in einer Vielzahl von Schatten auf sich selber konzentriert, die der Wind wie Wechselgeld in der Hosentasche klimpern ließ, Münzzweige und von schlafenden Vögeln schwangere Blätter. Engländer, die dünn wie Ausrufungszeichen ohne Nachdruck waren, stiegen aus Taxis, deren Motoren tuckerten wie ärgerliche Fischkutter. Zwischen den Maschen der Geräusche erahnte man die konkave Textur der Stille, derselben, die drohend die von der Kindheit ererbte Furcht vor der Dunkelheit bewohnte, und der Psychiater suchte, verwirrt von einem Fenster zum anderen blickend, nach deren Herkunft, bis er im Erdgeschoß eine Tür fand, die weit zu einem leeren Zimmer geöffnet war, in dem es weder Bilder noch Gardinen gab und das mit einem von schwarzem Tuch bedeckten Sarg, der auf zwei Bänken stand, und einer Frau mittleren Alters möbliert war, der Tränen über die Wangen liefen, einem Wesen aus dem Panzerkreuzer Potemkin, einer tragischen Statue des Unglücks.

Möglicherweise ist genau dies das Leben, dachte der Arzt, als er über einen Korb mit Chrysanthemen sprang, um den Wagen zu erreichen, der wie der Leichnam eines Ordensritters in Blüten versunken war, ein Toter in der Mitte und ringsum das Fest des heiligen Antonius, der Kern der Traurigkeit, umringt vom fröhlichen Fruchtfleisch gegrillter Sardinen und von Feuerwerksraketen, und er fand, daß Zahnschmerzen in ihm kitschige Bilder wie die in Mode & Handarbeit weckten, die den wahren Grund seiner Seele bildeten: Wenn ihm bang ums Herz wurde, tauchten sie auf, der schlechte Geschmack, der Glaube an den Gekreuzigten und der Wunsch, wie ein Beuteltierjunges in den Beutel irgendeines Schoßes zu flüchten, ursprüngliches Material, das unter dem Lack der Verachtung weitergelebt hatte. Er startete den Motor, um der Insel aus süßen Blütenblättern zu entkommen, aus der er wie ein Delphin aus einem See unter Kolbenschluchzen heraussprang, und fuhr, Blumenstengel verteilend wie die Venus von Boticelli in der Neufassung eines Cesário Verde, die Martim Moniz hinunter: Das Gefühl eines westlichen Menschen war so etwas wie seine Unterwäsche, Unterhosen aus Alexandrinern, die nicht einmal für die lodernden Minuten einer flüchtigen Beziehung ausgezogen wurden.

Die ewig graue, selbst in der Julisonne regnerisch traurige Avenida Almirante Reis, zu beiden Seiten entweder von Zeitungsjungen oder Invaliden gesäumt, trottete zwischen zwei kariösen Gebäudekiefern zum Tejo hinunter wie ein Herr in zu engen neuen Schuhen zur Straßenbahnhaltestelle. In den Straßencafés, denen auf Bretterpißpötten hockende Schuhputzer eine eigenartige Kinderkrippenatmosphäre verliehen, brachten Unternehmer mit wachsamen Augen geschmuggelte Uhren an den Mann. In den Cafés, die riesig waren wie leere Schwimmbäder, harrten einsame Kellner vor uralten Milchkaffees und gebutterten Toasts aus dem Tertiär, in wartender Haltung gefroren, des Jüngsten Gerichts. Von Küchenschaben bewohnte Friseursalons schlugen unerwartete Lösungen kapillarer Probleme für phantasielose Hausfrauen vor, denen staubige Kurzwarenläden mit Büstenhaltern, Moskitonetzen für den Brustkorb, die mit ihren fabelhaften Aufrichtungsfähigkeiten fünfundzwanzig Jahren ehelicher Resignation zu erneuter Jugend verhelfen konnten, den letzten Schliff verleihen würden. Der Psychiater mochte die kleinen Seitenstraßen, die in diesen majestätischen, langsamen Strom weiterer Kramläden und Vorstadtschuhgeschäfte einmündeten, die ein Provinzuniversum hinunter in die Baixa schoben, Stückchen von Póvoa de Santo Adrião, die durch Lissabon trieben, unerwartete Bierlokale mit einem Teppich aus Lupinenkernschalen: Fernab der großen Geschäfte, der kompetenten Kassierer, die besser angezogen waren als er, fernab der mit bronzenem Ungestüm gestikulierenden Königsmörder atmete er freier. Als Kind hatte er Stunden in der Kohlenhandlung in der Nachbarschaft des Hauses seiner Eltern verbracht, wo ein rußgeschwärzter Titan Briketts herstellte und seiner Frau monströse Schläge androhte, und es kam vor, daß er während des Mittagessens mit der Gabel innehielt, um dem dumpfen Echo dieser energischen Liebe zu lauschen: Wenn er die Wahl hätte, würde er sich zweifellos zwischen falschen Stilmöbeln und Vasen mit Plastikrosen verschanzen und, falls er erkranken würde, im Krankenhaus verlangen, daß der Sauerstoff mit Knoblauch parfümiert wird.

An der Praça da Figueira, wo man, so wie der Schatten eines Lächelns eine bevorstehende Versöhnung ankündigt, die Nähe der Möwen an der Unruhe der Spatzen erahnt, hörte der Backenzahn, von den Handreichungen des Zahnarztes gezähmt, der ihn in die Mittelmäßigkeit der Anonymität versetzt hatte, ganz auf zu schmerzen: Dieser Bohrerprofi hatte etwas von einem Schulpräfekten, der allzeit bereit war, die Launen der Exzentriker mit Stockhieben zu besänftigen. König João IV., ein problematischer Held, starrte mit leeren Augenhöhlen auf eine Reihe Balkons, Büros von Vertretungen, die Schimmel, kalten Tabak und die Menschheit vertraten. Hinter jeder Wand erriet man nicht funktionierende Wasserspülungen, in jedem zerzausten Jüngling den Insassen eines Altersheims der Inválidos do Comércio, in jeder Polizistin verzweifelte Menopausen. Der Arzt erreichte die Rua do Ouro, die mit ihren Wechselstuben steril und gerade war wie die Absichten eines tugendhaften Domherrn, und fuhr zum Parkplatz am Fluß, wo er seit jeher seine Einsamkeit spazierenführte, weil er zu der Sorte Menschen gehörte, die nur über ihre Mittel hinaus zu leiden wußte. Dort, auf einer hölzernen Parkbank, hatte er ganze Nachmittage lang Marc Aurel und Epiktet gelesen, um eine ferne verlorene Liebe herbeizubeschwören. Die Wellen kringelten sich in hündischer Brüderlichkeit zu seinen Füßen, und es war so, als könnte er, von den Fußknöcheln ausgehend, die Ungerechtigkeiten der Welt abwaschen.

Er hielt den Wagen neben einem Wohnwagen mit deutschem Kennzeichen an, dessen Schmutz auf ein von der trauten Häuslichkeit der gepunkteten Gardinen gemildertes Lechzen nach Abenteuern hinwies, und er drehte die Scheibe herunter, um das schlammige Wasser zu riechen, in dem Männer und Frauen, bis zu den Knien eingesunken, rostige Blechbüchsen mit Ködern füllten. Die Schnitter der Ebbe, sagte er sich, Reiher, die der Faschismus geschaffen hat, langbeinige Vögel des Hungers und des Elends. Die Verse von Sophia Andresen fielen ihm ein, und seine kämpferischen Adern schlugen dabei einen Trommelwirbel:

Diese Menschen, deren Gesicht
Zuweilen leuchtend
Und dann auch wieder plump

Mich mal an Sklaven
Mich mal an Könige erinnert

Wecken in mir wieder den Gefallen
Am Kampf und am Gefecht
Gegen die Schlange und die Natter
Gegen das Schwein und den Milan.

Der Verkehr stolperte hinter seinem Rücken, angeschoben von den herrischen Ärmeln der Verkehrspolizisten, die auf Zirkuspodesten standen, Dompteure mit luftigen Ballerinengesten. Vogelläden flogen zwischen Eßlokalen und Drogerien auf, in denen Besen wie haarige Früchte von der Decke hingen, und einige Mansarden stiegen ebenfalls vertikal zum Himmel auf, mit den Schwungfedern der von Balkon zu Balkon zum Trocknen aufgehängten Wäsche, Hemdenflügeln, die vor den Wangen der Fassaden verblichen. Das massive Gebäude des Arsenals bedeckte sich, von nicht wahrscheinlichen Schiffbrüchen träumend, mit grünem Meeresmoos. Etwas weiter in der Ferne breitete ein Friedhof über einer Linie aus Bäumen und Kirchtürmen das weiße Tischtuch seiner Grabmäler aus, die Milchzähnen ähnelten: Die vierte Nachmittagsstunde blähte die städtischen Uhren, deren Geläut toter Tragödien sich anhörte, als stammte es aus der Zeit von Fernão Lopes. Die Züge vom Cais do Sodré schleppten die ersten Spieler und die letzten Touristen nach Estoril, Norweger, deren Zeigefinger verloren auf dem Stadtplan verweilte, und die Straßen und der Fluß begannen in ein und denselben horizontalen Sommerfrieden zusammenzufließen, den die Fabriken in Barreiro in Vorwegnahme des Sonnenuntergangs mit rotem Arbeiterrauch färbten. Ein Frachtschiff fuhr, von einer Krone gieriger Möwen verfolgt, in Richtung Mündung, und der Psychiater dachte, wie sehr es seinen Töchtern gefallen würde, in diesem Augenblick hier bei ihm zu sein, sie einen Regen aus begeisterten Fragen über ihn ergießen würden. Der Wunsch, sie zu sehen, verlor sich ganz allmählich in den Körpern der Schnitter am Ufer, die sich schreiend etwas zuriefen, das ihn verzerrt oder von der Refraktion der Luft gedämpft erreichte, nur noch das Glitzern von Echos war, die der Wind zu Geräuscheschleiern formte, er verlor sich im Gewicht Lissabons, das an seinen Rücken geheftet war wie ein Buckel aus Häusern, und in den streunenden Hunden, die ringsum vergebens nach der Urinbotschaft des idealen Pekinesen schnupperten. Die winzigen Gesichter der Töchter besaßen den schmerzlichen Umriß seines schlechten Gewissens, das er an den Wochenenden vergeblich mit übermäßiger Nachgiebigkeit und klebriger Zärtlichkeit zu bestechen versuchte, der Weise aus dem Morgenland, der großzügig Schokolade verteilte, die sie nicht von ihm verlangten. Das Wissen, daß er abends nicht zum Gutenachtkuß bei ihnen sein würde, der bereits schwer war von der Mattigkeit des Schlafes, daß er nicht auf Zehenspitzen zu ihnen gehen würde, um ihre Alpträume zu verscheuchen, indem er ihnen die Liebesworte des geheimen Vokabulars von Donald Duck und Schneewittchen in Ohr flüsterte, daß morgens seine Abwesenheit im Ehebett schon zu einer ohne Überraschung akzeptierten Gewohnheit geworden war, machte ihn des grauenhaften Verbrechens schuldig, sie verlassen zu haben. Er konnte sie nur unter der Woche heimlich wie ein Spion ausspähen, konnte der José Matias von zwei Elisas sein, die unwiderruflich verloren waren, die andere Wege gingen als er, winzige Anteile seines Blutes, die er, der Zerrissene, aus einer immer größeren Entfernung begleitete. Ganz bestimmt hatte seine Fahnenflucht sie enttäuscht und verwirrt, die sie noch immer auf seine Rückkehr warteten, die Schritte auf der Treppe, die ausgebreiteten Arme, das Lachen von einst. Der Satz seines Vaters kreiste spiralförmig in seinem Kopf:

– Die einzigen, die mir leid tun, sind deine Töchter.

Ein Satz, der angefüllt war mit der zurückgehaltenen Emotion, an der man bei ihm jene Scham erriet, Zuneigung zu zeigen, die er erst nach seiner Jugend zu erkennen und bewundern gelernt hatte, und er fühlte sich schäbig und bösartig wie ein krankes Tier, sah sich auf eine Gegenwart ohne Zukunft beschränkt, was ihm die Luft zum Atmen nahm. Er hatte aus seinem Leben eine Zwangsjacke gemacht, in der er sich nicht bewegen konnte, gefesselt von den Bändern der Enttäuschung über sich selbst und der Isolation, die ihn mit bitterer Traurigkeit ohne Morgen erfüllte. Irgendeine Uhr schlug halb fünf: Wenn er schnell genug fahren würde, könnte er noch rechtzeitig zum Schulschluß ankommen, einem Befreiungsakt par excellence, einem Sieg des Lachens über die müde Dummheit: Etwas in ihm, das aus fernster Erinnerung stammte, ließ nicht davon ab zu beteuern, daß es irgendwo, vielleicht auf dem Dachboden des Dachbodens oder im Keller des Kellers, eine schwarze, dem schrecklichen offiziellen Gewicht der Rechenbücher widersprechende Tafel gebe, die ihm bestätigte, daß zwei und zwei nicht gleich vier ist.

Von der Gefriertruhe mit der Eiscreme verborgen, die direkt am Schaufenster einer Pastelaria schläfrig wie ein Eisbär schnurrte, spähte der sich duckende Psychiater das Schultor wie eine Rothaut aus, die hinter ihrem Felsen auf die Ankunft der weißen Vorhut wartet. Er hatte sein treues schwarzes Pferd dreihundert oder vierhundert Meter straßenaufwärts, in der Nähe des Parks von Benfica und seiner dicken Tauben zurückgelassen, dieser Falken, die aus der Notwendigkeit, in der Stadt zu überleben, wiederaufbereitet wurden, was auch den Großen Manitu dazu zwingt, sich als Gekreuzigter zu verkleiden, und er war von Platane zu Platane gerobbt und war verblüfft von den Portemonnaies und Schnürsenkel verkaufenden fliegenden Händlern beobachtet worden, Brüdern auf dem Kriegspfad, deren kämpferische Tätigkeit sich auf tumbe Fluchten beim Nahen der Polizei beschränkte, wobei sie die Tabletts mit den Skalpen aus nutzlosem Krimskrams vor sich herschoben. Jetzt, wo er im Schutz der Schokoladeneiscreme mit kurzsichtigen Adleraugen den Horizont der Straße erforschte, ließ der Arzt die Rauchzeichen einer nervösen Zigarette in die Luft der Prärie aufsteigen, die, Silbe für Silbe, seine Bangigkeit übersetzten.

Im Haus gegenüber wohnte zwischen Katzen und Fotos mit Widmung von jeweils angesagten Bischöfen eine alte, von ihrem einäugigen Dienstmädchen unterstützte Tante, zwei verehrte Squaws des Familienstammes, die Weihnachten von ungläubigen Verwandten, welche über ihre kämpferische Langlebigkeit überrascht waren, auf Ausflügen besucht wurden. Insgeheim verzieh der Psychiater ihnen nicht, daß sie die Großmutter überlebt hatten, die er so sehr geliebt hatte und deren Andenken ihn immer noch rührte: Wenn er sehr niedergeschlagen gewesen war, ging er zu ihr, trat ins Wohnzimmer, verkündete ihr, ohne sich zu schämen:

– Ich bin gekommen, damit Sie mich streicheln.

Und er hatte den Kopf in ihren Schoß gelegt, damit ihre Finger, wenn sie seinen Nacken berührten, seine grundlose Wut linderten und seinen Durst nach Zärtlichkeit stillten: Vom sechzehnten Lebensjahr bis heute bestanden die einzigen Veränderungen, deren er sich bewußt war, im Tod von den drei oder vier Menschen, die für ihn eine beständige Zuneigung empfanden, die allen Schwankungen seiner Launen standhielt. Sein Egoismus maß das Pulsieren der Welt anhand der Aufmerksamkeit, die er erhielt: Als er wach wurde und die anderen sah, war es bereits zu spät, denn die meisten hatten ihm den Rücken zugekehrt, weil sie genug von der Dummheit seiner Arroganz und von dem verächtlichen Sarkasmus hatten, zu denen er seine Schüchternheit und seine Angst kristallisierte. Da er keine Großzügigkeit, Toleranz und Sanftheit besaß, war er nur darum besorgt, daß man sich um ihn kümmerte, und hatte sich selbst zum einzigen Thema einer monotonen Symphonie gemacht. Er fragte sogar Freunde, wie sie es schafften, fern von der egozentrischen Umlaufbahn zu existieren, von der die Romane und Gedichte, die er verbrach, ohne sie je zu schreiben, so etwas wie eine narzißtische Verlängerung ohne Verbindung zum Leben bildeten, eine hohle Architektur von

Worten, ein Design von Sätzen ohne Gefühl. Als hingerissener Zuschauer seines eigenen Leidens hatte er vor, die Vergangenheit neu zu formulieren, obwohl er nicht einmal fähig war, für die Gegenwart zu kämpfen. Feige und eitel flüchtete er davor, sich selbst in die Augen zu sehen, seine Wirklichkeit als nutzloser Leichnam zu begreifen und mit der angstvollen Lehrzeit des Am-Leben-Seins zu beginnen.

Trauben von Müttern in seinem Alter (eine Tatsache, die ihn immer noch überraschte, weil er Schwierigkeiten damit hatte, sich einzugestehen, daß er älter wurde) begannen, sich aufgeregt wie Legehennen um das Schultor herum zu gruppieren, und der Arzt überlegte, ob er in die Wohnung seiner greisen Tante hinaufsteigen sollte, von wo aus er, hinter dem Porträt des Kardinalerzbischofs verschanzt, der einem Weißclown ähnlich sah, den Schulschluß aus dem einfachen Winkel eines Heckenschützen heraus beobachten könnte, der aus dem Doppelrohr seiner Augenringe Sehnsucht feuert. Doch die blinde Augenhöhle des Dienstmädchens würde ihn unerbittlich von einer Katze zur anderen, von einem Bischof zum anderen verfolgen, sein Inneres mit dem milchigen Licht ihres grauen Stars ausleuchten, und das bewog ihn, von seinem Oswald-Vorhaben abzusehen: Er wußte, daß er zu schwach war, um ein schweigendes Verhör durchzustehen, mit dem Jubel der beiden Alten als Kontrapunkt, die ganz bestimmt darauf bestehen würden, ihm zum millionstenmal die stürmische Geschichte seiner Geburt zu erzählen, ein lila, an Sekreten erstickendes Kind neben seiner an Eklampsie leidenden Mutter. Resigniert im Schützengraben der Pastelaria, deren Kaffeemaschine Dampf aus den ungeduldigen Aluminiumvollblutpferdnüstern wieherte, stützte er die Ellenbogen auf den elektrischen Eisberg der Kühltruhe wie ein Eskimo, der sein Iglu umarmt, und wartete weiter an der Seite eines beinlosen Bettlers, der auf einer Decke saß und zwei Finger auf der Höhe fremder Knie ausstreckte.

Wie in Afrika, dachte er, genau wie in Afrika, wenn er das wunderbare Nahen der Dämmerung in Marimba auf dem Django, dem Versammlungsort der Männer, erwartete, während die Wolken den Cambo und die Ebene von Cassanje verdunkelten, die sich bereits mit dem Echo des Donners füllte. Die Ankunft der Dämmerung und der Post, die die Kolonne brachte, deine langen, von Liebe feuchten Briefe. Du krank in Luanda, das Mädchen weit weg von uns beiden, und der Soldat, der sich in Mangando das Leben genommen hat, legte sich in die Koje, lehnte die Waffe ans Kinn und sagte, Gute Nacht, und da waren Stücke von Zähnen und Knochen in das Wellblechdach getrieben, Flecken aus Blut, Fleisch, Knorpel, die untere Hälfte des Gesichts war in ein grauenhaftes Loch verwandelt, er kämpfte vier Stunden lang, sich wie ein Frosch aufbäumend, mit dem Tod, lag auf der Liege in der Krankenstation, der Gefreite hielt die Petromaxlampe, die große, wirre Schatten an die Wand warf. Mangando und das Bellen der Cabiri, der skelettösen Hunde mit den Fledermausohren, in der Dunkelheit, Morgenröten mit unbekannten Sternen, die Häuptlingsfrau in Dala und ihre kranken Zwillinge, das Volk, das zur Sprechstunde kam und im Malariafieber auf den Stufen des Postens mit den Zähnen klapperte, von der Heftigkeit des Regens zerstörte Pfade. Einmal saßen wir nach dem Mittagessen in der Nähe des Drahtverhaus, auf dieser Art Grabstein, auf den die Wappen der Bataillone gemalt waren, als auf der Straße nach Chiquita ein eindrucksvoller amerikanischer, staubbedeckter Wagen mit einem Glatzkopf darin auftauchte, einem einzelnen Zivilisten, kein Pide-Mann, kein Verwaltungsbeamter, kein Jäger, keiner von der Lepra-Brigade, sondern ein Fotograf, ein Fotograf, der eine dieser dreibeinigen Kameras vom Strand und vom Jahrmarkt mit sich führte, die ob ihres Alters irreal wirkten, und der vorschlug, Fotos von uns allen zu machen, allein oder in der Gruppe, Geschenke, die wir an die Familie schicken könnten, Erinnerungen an den Krieg, verblichene Gesichter aus dem Exil. Es gab in Malange keine Babynahrung, und unsere Tochter kehrte mager und blaß, mit der gelblichen Farbe der Weißen in Angola nach Portugal zurück, vor Fieber unleidlich, hatte ein Jahr in ihrem Bett aus Raffia neben unseren Kasernenbetten geschlafen, ich machte wegen des Geruchs gerade im Freien eine Autopsie, als ich gerufen wurde, weil du ohnmächtig geworden warst, ich fand dich erschöpft auf einem aus Faßbrettern gefertigten Stuhl vor, schloß die Tür, hockte mich weinend neben dich und sagte immer wieder, Bis ans Ende der Welt, bis ans Ende der Welt, bis ans Ende der Welt, war mir der Gewißheit gewiß, daß nichts uns voneinander trennen könnte, wie im Meer eine Welle drängt zu dir hin mein Körper, hatte Neruda ausgerufen, und so war es bei uns, und so ist es bei mir, nur bin ich außerstande, es dir zu sagen, oder ich sage es dir, wenn du nicht da bist, sage es dir allein, schwindlig vor all der Liebe, die ich für dich empfinde, wir haben uns zu viel verletzt, uns weh getan, haben versucht, einander in jedem von uns zu töten, und dennoch läuft diese Welle unterirdisch und riesig weiter auf dich zu, der Weizen meines Körpers neigt sich dir zu, Ährenfinger suchen dich, versuchen, dich zu berühren, schlagen sich in deine Haut wie Fingernägel, deine schmalen Beine drücken meine Taille, ich steige die Treppe hinauf, schlage mit dem Türklopfer, trete ein, die Matratze kennt noch meine Schlafgewohnheit, ich hänge die Wäsche über den Stuhl, wie im Meer eine Welle wie im Meer eine Welle wie im Meer eine Welle drängt zu dir hin mein Körper.

Teresa, das Dienstmädchen, tauchte von der Avenida Grão Vasco her auf, wo die Blätter der Maulbeerbäume die Sonne in eine grüne Aquariumslampe verwandeln, die mit gefiltertem Glitzern funkelt, so daß die Menschen manchmal so wirken, als würden sie mit abgerundeten Fischbewegungen im Licht schwimmen, und sie ging mit dem langsamen Gang einer heiligen Kuh an ihm vorbei, und ihr Lächeln, dem jede Grausamkeit fehlte, ließ sie sanft aussehen. Wenn Teresa mich nicht bemerkt hat, dann bemerkt mich niemand, dachte der Arzt, während er sich noch dichter an den Eisberg lehnte, bis er die glatte Berührung der Emaille an seinem Bauch spürte: Noch eine kleine Anstrengung, und er würde die Wand der Tiefkühltruhe, diesen Kokon durchdringen, in dem menschliche Larven Gefahr laufen, sich in Cassata zu verwandeln: Löffelweise bei einem Familienabendessen verspeist zu werden kam ihm plötzlich wie ein angenehmes Schicksal vor. Der Bettler auf der Decke, der seinen Gewinn abzählte, schien seine Absicht erraten zu haben:

– Wenn du was mitgehen läßt, dann auch was für meine Wenigkeit. Vanille, das kann mein Magengeschwür besser ab.

Eine Dame, die die Pastelaria mit einem Päckchen an jedem Finger verließ, betrachtete erschrocken dieses merkwürdige Paar von Kriminellen, die einen finsteren Eiscremeraub ausheckten, und rannte in Richtung Damaia davon, vielleicht weil sie befürchtete, wir könnten sie mit Bonbonpistolen bedrohen. Der Bettler, in dem ein Ästhet wohnte, begutachtete wohlgefällig die ausladenden Schenkel.

– 'ne erstklassige Torte.

Und, autobiographisch:

– Vor dem Unfall habe ich jeden Sonntag so eine vernascht. Weiber vom Arco do Cego für 'nen Appel und ein Ei, der Preis für die Nutten ist ja noch mehr gestiegen als der vom Stockfisch.

Kindergewusel am Schultor kündigte dem Psychiater den Schulschluß an: Der Bettler bewegte sich ärgerlich auf seiner Decke:

– Die verdammten Gören klauen mir mehr, als sie mir geben.

Und der Arzt überlegte, ob dieser ärgerliche Satz nicht den Keim einer universellen Wahrheit enthielt, was ihn dazu brachte, seinen Gefährten mit neuer Achtung zu sehen: Rembrandt beispielsweise war am Ende auch nicht viel wohlhabender, und man kann im Wasserableser durchaus einen Pascal sehen: António Aleixo hat Lose verkauft, Camões hat auf der Straße Briefe für Leute geschrieben, die nicht lesen konnten, Gomes Leal hat Alexandriner auf das Urkundenpapier des Notars geschrieben, bei dem er arbeitete. Zig Nobelpreise in Jeans fordern die Polizei bei maoistischen Kundgebungen heraus: In dieser merkwürdigen Zeit erscheint Intelligenz dumm und Dummheit intelligent, und es ist ratsam, aus Gründen der Klugheit, beiden zu mißtrauen, so wie man ihm, als er ein kleiner Junge war, geraten hatte, sich von übermäßig freundlichen Herren fernzuhalten, die mit einem merkwürdigen Blitzen in der Brille Jungen am Zaun des Gymnasiums ansprechen.

Der Bürgersteig füllte sich mit Schülern, die von Händen gehütet wurden, die sie nach Hause trieben wie die Truthahnverkäufer auf der Praça da Figueira ihre Ware am Vorabend von Weihnachten, und der Arzt dachte voller Melancholie daran, wie schwierig es ist, Erwachsene zu erziehen, die der lebensnotwendigen Bedeutung eines Kaugummis oder einer Schachtel mit Knetmasse keine Aufmerksamkeit schenken und sich mit der Nebensächlichkeit guter Tischsitten abgeben, einen Heidenspaß daran haben, obszöne Botschaften auf den Marmor der Urinale zu schreiben, und harmlose Bleistiftstriche an der Wohnzimmerwand hassen. Der Bettler, der dies und anderes sicher verstehen würde, brachte seinen Verdienst vor den gierigen Krallen der Schüler in der Westentasche in Sicherheit und zog ein Tuberkuloseattest heraus, um zahlungskräftige Unentschlossene für sich einzunehmen.

Da sah er seine Töchter inmitten einer Gruppe von Mädchen in Schottenrockuniform, die blonden, glatten Haare der Älteren, die braunen Locken der Jüngeren, wie sie sich, eine nach der anderen, den Weg zu Teresa bahnten, und seine Eingeweide, die plötzlich zu groß für den Bauchnabel waren, schwollen mit Zärtlichkeitspilzen an. Er wäre am liebsten zu ihnen gerannt, hätte sie bei den Händen genommen, und sie wären alle drei, wie der große Meaulnes am Ende, zu ruhmreichen Abenteuern aufgebrochen. Die Zukunft erstreckte sich in Panavision vor ihm, wirklich und unwirklich wie ein Märchen mit der Stimme von Paul Simon als Teppich:

> *We were married on a rainy day*
> *The sky was yellow*
> *And the grass was gray*

We signed the papers
And we drove away
I do it for your love

The rooms were musty
And the pipes were old
All that winter we shared a cold
Drank all the orange juice
That we could hold
I do it for your love

Found a rug
In an old junk shop
And I brought it home to you
Along the way the colours ran
The orange bled the blue

The sting of reason
The splash of tears
The northern and the southern
Hemispheres
Love emerges
And it disappears
I do it for your love
I do it for your love

Teresa setzte jeder eine rot-weiße Mütze auf, und der Psychiater bemerkte, daß die Jüngere ihre Lieblingspuppe trug, ein Wesen aus Stoff mit Augen, die willkürlich auf die leere Kugel des Gesichts gemalt waren, und dessen Mund in einer pathetischen Froschgrimasse aufgerissen war: Sie schliefen zusammen im Bett und hatten komplexe Verwandtschaftsbeziehungen, die sich den Launen der Kleinen entsprechend veränderten und die ich verwirrt an gelegentlichen, geheimnisvollen Sätzen bemerkte, die mich zu ständigen Phantasieübungen zwangen. Die Ältere, die eine angstvolle Sicht der Welt kennzeichnete, lag mit den unbeseelten Dingen im Kampf wie Charlie Chaplin mit dem Zahnradwerk des Lebens und war schon früh einer siegreichen Niederlage vorbestimmt. Von Liebeskoliken verzerrt, hatte der Arzt das Gefühl, eine Traumversicherung für sie abgeschlossen zu haben, deren Beiträge er in Form von Winden seiner Kolitis bezahlte und mit den gelähmten Projekten, in denen er dahinsiechte: Die Hoffnung, daß sie es weiter bringen würden als er, belebte ihn mit Pioniersjubel, denn er war überzeugt, seine Töchter würden den armen, selbstgemachten Papinschen Topf seiner Wünsche zur Vollendung bringen, aus dessen Ventilen der Dampf von Enttäuschungen puffte. Teresa verabschiedete sich von einer Waffenschwester, die an ihren Schienbeinen die klassentypische Aggression eines kleinen Jungen aushielt, in dem sich ein Geschäftsführer abzeichnete, und kam mit den Mädchen in Richtung Boulevard, ein Aquarium aus von den leuchtenden Schatten der Bäume zittrigen Gebäuden.

> *The sting of reason*
> *The splash of tears*
> *The northern and the southern*
> *Hemispheres*
> *Love emerges*
> *And it disappears*

I do it for your love
I do it for your love

Gebeugt wie der Dichter Chiado auf seinem Bronzestuhl, hätte der Arzt sie berühren können, als sie ihn, die Blicke auf eine eiserne Ente am Eingang eines Tabakladens gerichtet, die für fünfundzwanzig Centavos schaukelte und sich in einem epileptischen Galopp schüttelte, auf dem Nachhauseweg beinahe streiften. Er hustete gerührt, und der Bettler wandte ihm sarkastisch den struppigen, von einem grimmigen Lächeln überzogenen Schädel zu:

– Die machen dich scharf, was, Meister?

Und der Psychiater hatte zum zweitenmal an diesem Tag das Bedürfnis, sich selber auszukotzen, ausgiebig, bis er von allem Ballast an Scheiße befreit war, den er in sich hatte.

Der Arzt parkte den Wagen in einer der kleinen Straßen, die vom Jardim das Amoreiras wie die Beine eines Insekts ausgingen, dessen Panzer aus Rasen und Bäumen bestand, und machte sich auf den Weg zur Bar: Er hatte zwei freie Stunden vor der Analysesitzung und hatte sich überlegt, daß er sich dort vielleicht von sich selber ablenken konnte, indem er die anderen beobachtete, vor allem diese Sorte anderer, die sich um sechs Uhr nachmittags in ihrem Alkoholaquarium, dessen Sauerstoff die Kohlensäure der Bläschen im Água-do-Castelo-Mineralwasser ist, im Spiegel ihrer Whiskygläser betrachten. Was nur, dachte er, machen die Leute, die in Bars gehen, eigentlich am Morgen? Und er befand, daß sich die Trinker gegen Ende der Nacht in der verbrauchten Rauchatmosphäre verflüchtigen sollten wie der Geist aus Aladins Lampe, bis sie beim Herannahen der nächsten Dämmerung ihr Fleisch, ihr Lächeln und ihre langsamen Anemonengesten zurückerhielten, die Armtentakel würden sich zum ersten Glas strecken, die Musik würde wieder anfangen zu spielen, die Welt wieder in den üblichen Schienen laufen, und große Fayencevögel flögen in den Resopalhimmel der Traurigkeit.

Die steinernen Bögen über der Grünanlage besaßen die exakte Wölbung von Augenbrauen, die überrascht waren, sich dort, nicht weit vom Largo do Rato, dem Gewusel eines anarchischen Ameisenhaufens zu befinden, und der Psychiater hatte das Gefühl, als würde ein viele Jahrhunderte altes Gesicht verblüfft und ernst die Schaukeln und Rutschen zwischen den Bäumen mustern, die er nie ein Kind hatte benutzen sehen und die verlassen dastanden wie die Karussells eines vergessenen Jahrmarkts. Warum, konnte er nicht sagen, aber der Jardim das Amoreiras kam ihm immer irgendwie einsam und außerordentlich melancholisch vor, selbst im Sommer, und zwar seit den lange zurückliegenden Jahren, in denen er einmal in der Woche eine Stunde zum Zeichenunterricht bei einem dicken Kerl gegangen war, der dort in einem zweiten Stock voller Flugzeugminiaturen aus Plastik lebte: Die Sorgen meiner Mutter, überlegte der Arzt, die ewigen Sorgen meiner Mutter, was mich betraf, ihre ständige Angst, mich eines Tages Lumpen und Flaschen in den Mülleimern suchen zu sehen, mit einem Sack auf dem Rücken, zu einem Unternehmer des Elends geworden. Die Mutter glaubte nicht so recht an ihn als erwachsenen, verantwortlichen Menschen: Sie hielt alles, was er machte, für eine Art Spiel, und sogar hinter der relativen beruflichen Sicherheit des Sohnes vermutete sie die trügerische Ruhe vor den Katastrophen. Sie erzählte immer wieder, daß sie den Arzt zur Aufnahmeprüfung ins Liceu Camões begleitet habe und, als sie durch das Fenster in den Saal gespäht habe, alle Jungen ernst und aufmerksam über ihre Aufgaben gebeugt gesehen habe, außer den Psychiater, der, das Kinn in der Luft, vollkommen abwesend die Lampe an der Decke betrachtet habe.

– Und an diesem Beispiel habe ich gleich begriffen, wie sein Leben aussehen würde, schloß die Mutter mit dem triumphierend bescheidenen Lächeln der Bandarras, dieser Propheten, die immer ins Schwarze treffen.

Um mit ihrem Gewissen im reinen zu sein, versuchte sie indes, das Unausweichliche zu bekämpfen, indem sie alljährlich den Klassenlehrer bat, ihren Sohn an ein Pult in der vorderen Reihe zu setzen, »direkt vor den Lehrer«, damit der Arzt zwangsweise die Ausflüsse der Auflösung von Brüchen, der Klassifizierung von Insekten und anderer fraglos nützlicher Wissensgebiete trank, statt heimlich Verse in seine Rechenhefte zu schreiben. Die Schulzeit des Psychiaters hatte für sie die Ausmaße eines stürmischen Krieges angenommen, in dem Gelöbnisse für die Heilige Jungfrau von Fátima sich mit Strafen, Schmerzensseufzern, tragischen Prophezeihungen und Klagen bei den Tanten abwechselten, den traurigen Zeuginnen so großen Unglücks, die sich immer persönlich vom kleinsten familiären Erdbeben betroffen fühlten. Jetzt, als er zum zweiten Stockwerk des Zeichenlehrers hinaufschaute, erinnerte sich der Arzt an sein spektakuläres Nichtbestehen in der praktischen Anatomieprüfung, bei der ihm ein algiges Glasgefäß mit einer rot angemalten Arteria subclavia in einem Gewirr verwester Sehnen in die Hand gedrückt worden war, daran, wie das Formalin der Leichen seine Augenlider gereizt hatte und wie er nach dem Abwiegen der vier Bände des Lehrbuchs der Knochen und Muskeln und Gelenke und Nerven und Gefäße und Organe auf der Küchenwaage angesichts der sechs Kilo und achthundert Gramm kompakter Wissenschaft sich selber erklärt hatte:

– Eher fick ich mich ins Knie, bevor ich diese Scheiße lerne.

Damals litt er unter der Schaffung eines langen, durch Nabokovs Roman Fahles Feuer inspirierten grottenschlechten Gedichts und glaubte, die weitgefächerte, von der Kontrolliertheit eines T. S. Eliot gemilderte Kraft des Claudel der Großen

Oden zu besitzen: Das Fehlen von Talent ist ein Segen, hatte er feststellen müssen; es fällt einem nur schwer, sich daran zu gewöhnen. Und nachdem er sich als gewöhnlicher Mensch, dem nur hin und wieder der Fasanenflug eines gelegentlichen Gedichts vergönnt war und der keinen auf den Rücken gehefteten Buckel der Unsterblichkeit trug, akzeptiert hatte, fühlte er sich frei, ohne Originalität zu leiden, und brauchte sein Schweigen nicht mehr mit der Mauer melancholischer Intelligenz zu umgeben, die er mit dem Genie verband.

Der Psychiater umrundete den Jardim das Amoreiras dicht an den Häusern, um den Sonnenduft der Fassaden zu spüren, die Helligkeit, die der Kalk trank wie Früchte das Licht. An einer Wand, an der noch Reste von Plakaten klebten wie Haarsträhnen über einer Glatze, las er mit Kohle geschrieben:

DAS

VOLK

BEFREITE

DEN GENOSSEN

HENRIQUE TENREIRO

Und darunter das Zeichen der Anarchisten, ein ironisches, von einem Kreis umschlossenes A. Ein Blinder, der vor ihm ging, klapperte mit dem Stock unentschlossene Kastagnettengeräusche auf den Bürgersteig: Tote Stadt, dachte der Arzt, tote Stadt in einem Sarg aus bemalten Fliesen, wo sie hoffnungslos auf jene warten, die nicht mehr kommen werden: Blinde, Rentner und Witwen und Salazar, der, so Gott will, noch nicht den letzten Atemzug getan hat. Es gab in seinem Krankenhaus einen Kranken, einen sehr ernsten, sehr höflichen Mann aus dem Algarve, Senhor Joaquim, der immer einen weichen Hut auf dem Kopf trug und einen makellosen Blaumann und in ständiger, direkter Verbindung mit dem ehemaligen Vorsitzenden des Ministerrates stand, den er respektvoll »unseren Herrn Professor« nannte und von dem er geheime Anordnungen zur Führung der Staatsgeschäfte erhielt. Der Mann, der in einem verlorenen kleinen Städtchen auf der Ebene Mitglied der Guarda Republicana war, hatte eines Tages das Jagdgewehr gegen seine Landsleute gerichtet, sie gezwungen, den Anweisungen entsprechend, die ihm unser Herr Professor in die Ohren flüsterte, ein Caxias-Gefängnis zu bauen. Hin und wieder erhielt der Psychiater Briefe, die vom Prior oder vom Leiter der Feuerwehr unterzeichnet waren, die darum baten, diesen schreckenerregenden Emissär eines Gespenstes nicht zu entlassen. Eines Morgens rief der Arzt Senhor Joaquim in sein Sprechzimmer und sagte ihm, was die Krankenpfleger ihm nicht zu sagen wagten:

– Senhor Joaquim, unser Herr Professor ist vor mehr als zwei Wochen gestorben. Da war sogar ein Foto davon in der Zeitung.

Senhor Joaquim ging zur Tür, vergewisserte sich, daß niemand sie belauschte, kam wieder herein, beugte sich zum Psychiater herunter und gab ihm flüsternd die Information:

– Das war alles geschummelt, Herr Doktor. Er hat da einen benutzt, der ihm ähnlich sah, und die Opposition hat das geschluckt: Noch vor einer Viertelstunde hat er mich zum Finanzminister ernannt. Unser Herr Professor steckt sie doch alle in die Tasche.

Salazar, du Mistkerl, der du niemals aufhörst zu sterben, hatte er damals gedacht, als er am Schreibtisch der Halsstarrigkeit von Senhor Joaquim gegenübersaß: Wie viele Senhor

Joaquins mochten bereit sein, mit verbundenen Augen einem ehemaligen tapsigen Priesterschüler mit der Seele einer Abtshaushälterin zu folgen, der in der Anrichte die Centavos nachzählt? Im Grunde genommen, überlegte der Arzt, während er um den Jardim das Amoreiras herumging, hat Salazar zwar den Löffel abgegeben, aber aus seinem Bauch sind Hunderte von kleinen Salazars herausgekommen, die sein Werk mit dem phantasielosen Eifer von dummen Schülern fortsetzen, Hunderte von ebenfalls kastrierten, perversen kleinen Salazars, die Zeitungen leiten, Versammlungen organisieren, hinter ihren Dona Marias verschanzt konspirieren, in Brasilien dem Korporativismus laute Loblieder singen. Und das in einem Land, in dem es Nachmittage wie diesen gibt, vollkommen in Farbe und Licht wie ein Bild von Matisse, schön wie die strenge Schönheit des Klosters von Alcobaça, in einem Land der echten Machos, deren Manneskraft der Estado Novo unter den Röcken der Soutanen verbergen wollte, aber, wie gesagt, mein bester Mendes Pinto: Mit vielen Ave-Marias und Kugeln sind wir auf sie los und haben sie in weniger Zeit, als man für ein Credo braucht, alle getötet.

Er trat mit der Haltung eines in die Bar, der in der heißesten Stunde des Tages in den feuchten Schatten einer Weinpergola tritt, und noch bevor sich seine Pupillen an das Halbdunkel in dem Lokal gewöhnt hatten, erkannte er in einem Dunst aus Dunkelheit nur den vagen Schein der Lampen und Reflexe von Flaschen oder Metall, wie die in nebligen Nächten von der See aus gesehenen, verstreuten Lichter Lissabons. Er stolperte, nur vom Instinkt geleitet, in Richtung Tresen, ein kurzsichtiger Hund auf dem Weg zu einem vermuteten Knochen, während sich ganz allmählich Gestalten herausbildeten, die Zähne eines Lächelns in der Nähe schwebten, ein Arm, der ein Glas hielt, links von ihm wogte, und eine Welt aus Tischen und Stühlen und ein paar Leuten tauchte aus dem Nichts auf, gewann an Größe und Konsistenz, umringte ihn, und es war so, als wären die Sonne dort draußen und die Bäume und die steinernen Bögen des Jardim das Amoreiras plötzlich sehr weit weg, in der irrealen Dimension der Vergangenheit verloren.

– Ein Bier, bat der Arzt und schaute dabei in die Runde: Er wußte, daß seine Frau häufig in diese Bar ging, und suchte nach etwas, das sie auf den leeren Bänken fortsetzte, so wie die Delle in der Matratze die Abwesenheit des Körpers anzeigt, ein Indiz dafür, daß sie vorbeigekommen war, etwas, was ihm erlaubte, sie lebendig, lächelnd, warm, vertraut wieder an seiner Seite erstehen zu lassen. Ein Paar flüsterte mit zusammengesteckten Köpfen miteinander, ein riesiger Mann applaudierte kräftig auf den resignierten Schultern eines Freundes und verarbeitete dessen Gelenke damit zu brüderlichem Brei.

Mit wem kommst du wohl hierher, fragte sich die brennende Eifersucht des Psychiaters, worüber redest du, mit wem wirst du dich in Betten legen, die ich nicht kenne, wer drückt deine schmalen Hüften in seinen Händen? Wer nimmt den Platz ein, der meiner war, der in mir noch immer meiner ist, Raum für die Zärtlichkeit meiner Küsse, glattes Deck für den Mast meines Penis? Wer segelt auf deinem Bauch? Der Biergeschmack erinnerte ihn an Portimão, den Diabetikeratemgeruch des Meeres an der Praia da Rocha, das vom weiblichen Hauch des Ostwinds geriffelt war, an das erste Mal, als sie sich in einem Hotel im Algarve einen Tag nach ihrer Hochzeit zit-

ternd vor Angst und Begehren geliebt hatten. Damals waren
sie sehr jung gewesen und hatten sich gegenseitig die Pfade
der Lust gelehrt, wie neugeborene Füllen mit dem Kopf dur-
stig nach der Zitze stoßend, einer an den anderen gedrückt in
dem riesigen Staunen, miteinander die wahre Farbe der Freude
zu entdecken. Als wir uns am Anfang unserer Beziehung im
Haus deiner Eltern trafen, sagte sich der Arzt, unter den häßlichen Grimassen der chinesischen Masken, wartete ich darauf, deine Schritte auf der Treppe zu hören, das Geräusch deiner hohen Absätze auf den Stufen, und in mir wuchs ein
heftiger Wind zum Sturm heran, ein Zorn, das bange Verlangen, mich verkehrt herum zu erbrechen, ein Hunger nach dir,
der mich immer erfüllt hat und mich früher aus Montijo nach
Hause kommen ließ, damit wir uns eilig, als könnten wir
jeden Augenblick sterben, auf die Bettdecke legten, der mich
dazu brachte, mich nur beim Gedanken an deinen Mund, an
deine sinnliche Art, dich hinzugeben, an die Kurve deiner muschelförmigen Schulter, an deine großen, zarten und sanften
Brüste in unvermittelten Erektionen aufzubäumen, der mich
deine Zunge kauen und wieder kauen, über deinen Hals spa-
zieren, mit einer einzigen Bewegung wie das Schwert in seine
Scheide hingerissen in dich eindringen ließ. Ich habe niemals
sonst einen Körper gefunden, der so für mich geschaffen war
wie deiner, sagte der Arzt und schenkte das Bier in den Seidel,
so sehr meinen menschlichen und unmenschlichen Maßen ent-
sprach, den wahren und erfundenen, die, nur weil sie erfunden
wurden, nicht weniger wahr sind, ich habe in keinem anderen
Menschen je eine derart große und gute Fähigkeit, auf den anderen einzugehen, gefunden, eine derart vollkommene Über-
einstimmung, verstanden werden, ohne reden zu müssen, und

das Schweigen und die Gefühle und die Gedanken des anderen verstehen, so daß es mir immer wie ein Wunder erschien, daß wir uns an dem Strand kennengelernt haben, an dem ich dich kennengelernt habe, mager, brünett, zerbrechlich, dein uraltes, ernstes Profil auf den angezogenen Knien ruhend, die Zigarette, die du rauchtest, das Bier (genauso eins wie dieses) auf der Bank an deiner Ferse, deine ewige Wachsamkeit, die der eines Tieres glich, deine vielen Silberringe an den Fingern, meine Frau seit jeher und meine einzige Frau, meine Lampe in der Dunkelheit, Abbild meiner Augen, Septembermeer, meine Liebe.

Und warum bloß, fragte er sich, während er die Gasbläschen beobachtete, die an der Wand des Glases klebten, warum bloß kann ich meine Liebe nur mit theatralischen Umschreibungen und Metaphern und Bildern ausdrücken, warum bemühe ich mich, alles zu schönen, Fransen an die Gefühle zu häkeln, die Leidenschaftlichkeit und Angst in die rührseligen Kadenzen des Fado in Moll zu gießen, eine hüftwackelnde, kitschige Seele à la Correia de Oliveira in Hirtenjacke, wo doch dies alles rein, klar, direkt ist, keine Verniedlichungen braucht, aufs Wesentliche reduziert ist wie eine Statue von Giacometti in einem leeren Saal und auf einfache Weise eloquent wie sie: Einer Statue Worte zu Füßen zu legen ist genauso überflüssig wie die Blumen, die man Toten gibt, oder ein Regentanz um einen vollen Brunnen: Scheiß auf mich und den honigsüßen Romantizismus, der in meinen Adern fließt, meine ewige Schwierigkeit, Worte hervorzubringen, die trocken und genau sind wie Steine. Er hob das Kinn, trank einen Schluck und ließ die Flüssigkeit langsam wie schwefliges Stearin in sich hineinrinnen, das ihm die Schlaffheit der Nerven durchrüttelte, war sauer auf sich selber und wegen der Frauenkolumnen-falschheit, die sich in seinem Hirn einschrieb, Architekt seiner eigenen Geschmacksverirrungen trotz des Leitsatzes von van Gogh: Ich habe versucht, mit dem Rot und dem Grün die furchtbaren menschlichen Leidenschaften auszudrücken. Die brutale Einfachheit des Satzes des Malers hatte ihm eine Gänsehaut verursacht, wie es ihm passierte, wenn er das Requiem von Mozart oder das Saxophon von Lester Young in These Foolish Things hörte, das über die Musik strich wie wissende Hände über ein schlafendes Hinterteil.

Er bestellte noch ein Bier und bat den Kellner, der einem Freund des riesigen Kerls die Gründe für die Beschwerden gegen die Französischlehrerin seines Sohnes auseinandersetzte, um das Telefon und rief die Nummer an, die ihm das rotblonde Mädchen gegeben hatte und die er auf einem Stück aus der Missionszeitung herausgerissenem Papier notiert hatte: Er hörte neun- oder zehnmal den Freiton. Er legte auf und wählte noch einmal für den Fall, daß es einen Fehler bei den Magnetnadeln in den Kabeln der Telefongesellschaft gegeben hatte und daß die Marlene-Dietrich-Stimme ihm nun durch die kleinen Löcher im schwarzen Bakelit antworten würde, winzig und klar wie Pinocchios Grille. Schließlich streckte er dem Kellner das Telefon wieder hin.

– Ist die liebe Tante nicht im Haus? fragte dieser mit der ironischen Affektiertheit der Kapitäne der Alkoholschiffe, die für die lange Überfahrt durch die Nacht die Segel setzen.

– Vielleicht hat ja der Kongreß der Marientöchter länger gedauert, schlug der ruhige Kerl vor, der an Bord des vierten Gins ging und angefangen hatte, den Fußboden schief zu finden.

– Oder sie erklärt gerade im Katechismusunterricht die Beschneidung, fügte der Freund hinzu, der zu der Sorte Leute gehörte, die nicht hintanstehen wollen und verzweifelt versuchen, mit den anderen Schritt zu halten.

– Oder sie scheißt auf mich, befand der Arzt zur Bierflasche, die darauf wartete, angebrochen zu werden. Einer der Vorzüge von Bars, dachte er, ist, daß man mit den Flaschenhälsen reden konnte, ohne Gefahr zu laufen, dumm aufzufallen oder Aufsehen zu erregen: Und plötzlich, innerhalb einer Sekunde, begriff er die Trinker, nicht technisch mit den das Außen und Innen betreffenden Erklärungen der Psychiatrie, die übertrieben genau und daher falsch waren, sondern aus dem Bauch heraus: ihren Wunsch zu fliehen, der so häufig auch seiner war.

Der Zeigefinger des Ruhigen berührte ihn mit überraschender Zartheit an der Schulter:

– Brüderchen, wir sind allein an Deck.

– Aber da warten die Mädchen des Tauchers in Singapur, fügte der Freund hinzu, damit ihm das Hauptfeld nicht davonfuhr.

Der Ruhige fixierte ihn mit der majestätischen Verachtung des Gins:

– Du hältst jetzt mal den Rand, das hier ist ein Gespräch unter Männern.

Und zum Arzt vertraulich und brüderlich:

– Wir gehen hier weg und zur Cova da Onça, das Elend in Brüsten zu ertränken.

– Nutten, nörgelte der Freund beleidigt.

Die Zange des kräftigen Kerls preßte ihm den Ellenbogen zusammen, bis es krachte.

– Weniger als deine Mutter, du Scheißer.

Und, zu den leeren Tischen gewandt, autoritär:

– Wer in meiner Anwesenheit schlecht über Frauen redet, kann was erleben.

Sein Gesicht verzog sich in bedrohlicher Wut, suchte ein Ziel, auf das er losschießen konnte, doch abgesehen von dem in sein kompliziertes Spiel aus Kopfstößen und Betatschen vertieften Paar in der Ecke und den blaß brennenden Lampen waren keine weiteren Passagiere auf dem Floß, waren wir dazu verdammt, uns gegenseitig Gesellschaft zu leisten, wie in Afrika, dachte der Psychiater, hinter dem Stacheldraht: Am Ende der Mission spielte man King schon mit Haßnuancen in der Stimme, dem Kribbeln von Ohrfeigen in den Fingern, war der Zorn bereit, aus dem entsicherten Mund herauszuschießen. Warum erinnere ich mich bloß immer an die Hölle, fragte er sich: weil ich von dort noch nicht wieder weg bin oder weil ich sie durch eine andere Art der Qual ersetzt habe? Er trank die Hälfte des Biers aus wie jemand, der eine unangenehme Medizin nimmt, und zerriß die Telefonnummer des rotblonden Mädchens in möglichst kleine Fetzen; wahrscheinlich erzählte es gerade seinem Liebsten, wie es sich auf Kosten irgendeines Idioten im Wartezimmer des Zahnarztes amüsiert hatte: Er stellte sich das Gelächter der beiden vor, und mit diesem im Ohr trank er den Rest des Biers, bis nur ein Schaumsabber im Glas zurückblieb: Die Schnecke der vergorenen Gerste streckt die Hörnchen der Trunkenheit in die Sonne und hilft mir, im Wasser zu treiben, denn schwimmen kann ich nicht. Und er erinnerte sich an eine Geschichte, die in der Familie immer wieder erzählt wurde, in der es um ein mit der Großmutter befreundetes Ehepaar ging, die Fonsecas, und in der die kräftige Frau ihren kleinen Ehemann tyrannisierte:

Senhor Fonseca stieß einen schüchternen Laut aus, und sie schrie gleich los, Der Fonseca sagt nichts, weil er dumm ist, Senhor Fonseca wollte sich eine Zigarette anzünden, und sie krächzte, Der Fonseca raucht nicht, und so fort. Eines Nachmittags, als die Großmutter einem Kreis von Besuchern den Tee servierte, fragte sie, als sie bei Senhor Fonseca angelangt war, Grünen oder schwarzen, Senhor Fonseca? Senhor Fonsecas Frau, aufmerksam wie ein gallekranker Wachhund, knurrte sofort, Der Fonseca trinkt keinen Tee; und in der darauffolgenden Stille geschah etwas Unglaubliches: Senhor Fonseca, der bis dahin und während vierzig Jahren ehelicher Diktatur zahm, gehorsam und resigniert gewesen war, versetzte der Armlehne einen Faustschlag und tat mit der erloschenen Stimme aus dem Winterschlaf erwachter Testikel kund:

– Ich möchte grünen, und ich möchte schwarzen.

Jetzt ist der Augenblick gekommen, sagte sich der Arzt, zahlte die Flaschen und löste sich aus der Umarmung des Ruhigen, der mittlerweile die Phase des Umschlingens erreicht hatte, jetzt ist der Augenblick gekommen, aus den verdammten Eiern einen Strahl zu schießen, der sich sehen lassen kann.

Draußen wurde es dunkel: Vielleicht würde in dieser Nacht seine Frau in diese Bar kommen und die steinernen Bögen der Grünanlage nicht einmal sehen.

Wie üblich werde ich zu spät zur Analysesitzung kommen, dachte der Psychiater an einer roten Ampel, der er in diesem Augenblick die Verantwortung für alles Unglück der Welt übertrug, an erster Stelle selbstverständlich für sein eigenes. Er befand sich auf der Seitenspur der Avenida da República hinter einem Lastwagen und zitterte vor Ungeduld, während er den Verkehr betrachtete, der vom Campo Pequeno, dieser unförmigen Backsteinmoschee, der Hörnerkathedrale, quer zu ihm verlief. Zwei wirklich hübsche Mädchen gingen, miteinander ins Gespräch vertieft, am Wagen vorbei, und der Arzt verfolgte die Bewegungen ihrer Schulterblätter und der Schenkel beim Gehen, die vollkommene Harmonie eines fliegenden Vogels, der Gesten, die Art, wie eine von ihnen sich das Haar aus dem Gesicht strich: Als ich jünger war, erinnerte er sich, war ich sicher, daß sich niemals eine Frau für mich interessieren würde, für mein breites Kinn, meine Magerkeit; ich strandete immer vor stotternder Schüchternheit, wenn sie mich anschauten, fühlte, wie ich errötete, kämpfte gegen den heftigen Wunsch, im Galopp zu verschwinden; als ich vierzehn oder fünfzehn Jahre alt war, nahmen sie mich das erste Mal zur Nummer einhundert in der Rua do Mundo mit, ich war nie zuvor nachts im Bairro Alto gewesen, in dieser Häufung enger Schatten und regloser Gestalten, und trat zugleich neugierig und verschreckt in das Bordell, und der bei Prüfungen übliche Drang, Pipi zu machen, hinderte mich beim Gehen. Ich setzte mich in einen Spiegelsaal mit Stühlen neben eine Frau im Unterrock, die häkelte und nicht einmal das Kinn von den Nadeln hob, und vor einen älteren Mann, der, die Aktentasche auf den Knien, darauf wartete, daß er dran war (die Umrisse einer Thermoskanne mit dem Milchkaffee fürs Mittagessen zeichneten sich durch die Aktentasche ab), und plötzlich sah ich mich zum Erbrechen häufig in den geschliffenen Spiegeln wiedergegeben, zig ängstliche Ichs, die einander staunend und verschreckt ansahen: Natürlich schrumpfte mir der Pimmel in der Unterhose auf die Größe zusammen, die er hatte, wenn ich aus einem Bad in kaltem Wasser stieg, zu einer Harmonika aus schrumpliger Haut, die allerhöchstens schief pinkeln konnte, und ich verschwand im unterwürfigen Trott eines verstoßenen Hundes den Flur entlang zur Tür, wo die Puffmutter, deren Krampfadern aus den Pantoffeln quollen, mit einem betrunkenen Soldaten stritt, der mit einem von Erbrochenengelee bedeckten Stiefel über die Schwelle getreten war.

Die Ampel schaltete auf Grün, und sofort hupte das Taxi hinter ihm herrisch. Warum zum Teufel sind die Taxichauffeure nur die sauersten Geschöpfe der Welt? fragte er sich. Und zugleich auch Männer ohne Gesicht, nur Nacken und Schultern, die wie Nägel aus der vorderen Sitzbank ragen, und hin und wieder mal ein leeres Augenpaar im kleinen Rückspiegelrechteck, Augen aus ausdruckslosem Glas wie das der Tiere in den Göpelwerken. Vielleicht bringt die Tatsache, daß sie den ganzen Tag mit dem Wagen in Lissabon herumfahren, die Leute in diesen Zustand einer explosiven Epilepsie, vielleicht ruft diese Stadt in denjenigen, die sie gezwungenermaßen in alle Richtungen durchqueren, Wut und Ekel hervor, vielleicht ist diese mörderische Erregung nervlicher Gereiztheit dem Menschen eigen, und wir, die Höflichen, laufen hier herum und täuschen eine Freundlichkeit vor, die wir nicht besitzen. Er zeigte dem Chauffeur den Stinkefinger, der ihm seinerseits mit einer ausladenden obszönen Geste mit dem Arm antwortete, wie zwei Scouts, die sich gegenseitig mit Fahnen etwas zumorsen, und bog rechts in die João XXI ein, an deren Anfang linker Hand die Rückseiten rußiger Gebäude zu sehen waren, die ihm gefielen mit ihren wie die Warzen prekärer Nester hervorstehenden verglasten Balkons, auf denen man Bügelbretter und melancholische Hausfrauen erahnte. Cesário, mein Freund, sagte der Psychiater zärtlich, vergangene Woche habe ich etwas gesehen, das dir Freudenalexandriner in den Mund gezaubert hätte: Ich war auf der Suche nach einem Lokal, um dort zu Abend zu essen, und kam dicht an deiner beleuchteten Büste am rasenbewachsenen Straßenrand in Estefânia vorbei, wo man dich hingestellt hat, und sah dort eine alte, schwarzgekleidete Frau auf der Stufe der Statue mit einer Strohtasche sitzen und begriff da den Unterschied zwischen dir und Eça, welcher der gleiche ist, der die Umarmung einer steinernen Jungfrau und die Nähe eines lebendigen, der fleischlichen Festigkeit deiner Verse entrissenen Wesens trennt.

Er fuhr durch eine Straße mit ihren in der Dunkelheit getaner Arbeit liegenden Auto- und anderen Werkstätten, an deren Ende sich die gelbe Markise einer Bar von Brasilianern befand (Die Portugiesen sind dumm, hatte der galicische Wasserverkäufer in der Geschichte meiner Mutter erklärt, wir sind hierhergekommen, um ihnen ihr eigenes Wasser zu verkaufen), und parkte bei einem Möbelladen, der die Ecke zwischen der Avenida Óscar Monteiro Torres und der Rua Augusto Gil bildete und widerliche Kommoden und ovale Ölgemälde mit Blumen im Goldrahmen darbot. Ein Pastell, das einen Windhund vor dem Hintergrund einer Infantin von Velazquez zeigte, stand im Schaufenster, und der Hund schien das schlaue Lächeln zu lächeln, das einem ungeschickten Maler manchmal gelingt und wodurch sich das Fehlen von Begabung selbst verspottet, ohne sich dessen gewahr zu werden. Er schaute sich eine geraume Weile schreckensstarr einen phänomenalen Aluminiumlüster an und dachte, wie doch der schlechte Geschmack auf seine Art auch eine beträchtliche Dosis Phantasie brauchte, und wünschte sich die Erfahrung, einmal in so einem Bett zu liegen, das dem Dr.-Mabuse-Alptraum einer Nacht mit Verdauungsproblemen entstammte, die irren Metamorphosen zu sehen, die sein Körper erdulden mußte, die immense Verblüffung des eben aus der Provinz angekommenen Dienstmädchens zu spüren, das sein Vater zu einem Besuch des Zoologischen Gartens mitgenommen hatte. Das ist der Elefant, erklärte der Vater, und das Dienstmädchen staunte das Tier an, studierte seine Füße, den Kopf, den Rüssel; das ist das Rhinozeros, sagte der Vater, das hier das Nilpferd, das hier der Gorilla, das hier der Strauß, und das Dienstmädchen geriet mit runden Augen, aufgerissenem Mund und gefalteten Händen von einer Überraschung in die nächste, bis sie zum Gehege der Giraffe kamen: Dort erreichte das Staunen des Mädchens seinen Höhepunkt. Minutenlang betrachtete sie hingerissen den langen, mit Flecken übersäten Hals und den Kopf dort oben, bis sie näher an den Vater des Arztes heranrückte und ihn wispernd fragte:

– Und wie heißt das hier, Herr Doktor?

– Das ist die Giraffe, verkündete er ihr.

Das Dienstmädchen kaute lange an dem Wort herum, wobei sie das Tier ständig beobachtete, und murmelte dann mit einem ekstatischen Seufzer:

– Giraffe ... Was für ein passender Name.

Es war vollkommen dunkel geworden, und in der Finsternis einer Tür erkannte der Psychiater eine Gruppe Kapverdianer mit Sonnenbrillen, die hitzig stritten, mit den weiten hellen Ärmeln der Hemden wedelten. Einer trug ein Kofferradio unterm Arm, das urplötzlich einen Schwall wahnsinnig lauter Musik ausspie, so wie eine Wasserspülung ein Durcheinander von Zweiunddreißigstelnoten erbricht. Etwas weiter vorn lag eine Taverne mit einem Fernsehapparat auf einem Bord dicht unter der Decke, und die Stammkunden hatten, ein Glas in der Faust, die Köpfe unisono zum Bildschirm gedreht, der das bläulich phosphoreszierende Licht einer Radioskopie über sie ergoß und das Skelett ihres Lächelns zeigte: An der dialektischen Begeisterung der Kapverdianer glaubte der Psychiater zu erkennen, daß sie ihre laut schreienden Stimmungen mit dem Tonikum eines Rotweins gestärkt hatten, dessen Anwesenheit man in jedem Ausruf oder jedem Gelächter erahnte. Vom benachbarten Erdgeschoß schaute eine dicke Dame mit auf der Fensterbank ausgegossenen Brüsten höchst interessiert der Szene zu: Sie trägt bestimmt ein Emaillefoto des Padre Cruz um den Hals, wettete der Psychiater, während er die Treppe hinauf zur Analyse stieg, hat bestimmt einen moppeligen Hund namens Benfica, einen Sohn, der Bankangestellter ist, und eine Enkelin namens Sónia Marisa mit einer Plastikklappe am linken Brillenglas, da sie nicht geradeguckte. Vielleicht, vervollständigte er das Bild, während er klingelte, ist sie Trauzeugin der Sprechstundenhilfe des Zahnarztes, und beide reden Sonntagnachmittag übers Häkeln, während die Ehemänner sich mit dem Totoschein auf den Knien die Wettergebnisse anhören.

Denk dir was aus, denk dir was aus, denn der Typ nimmt dich gleich in die Mangel, riet er sich selber auf dem Weg zum Gruppenzimmer, nachdem die Tür sich mit dem trockenen Klacken eines Deckels geöffnet hatte: In letzter Zeit hatte er seiner Meinung nach von dem Analytiker zu viele Schläge wegen Fehlern bekommen, die, wie er fand, nicht seine waren, und es wuchs in ihm ein großer Groll dem anderen gegenüber, der sich darin zu gefallen schien, die aufgeblasenen (aber notwendigen?) Architekturen seiner Schimären zu zerstören: Da ist einer wie ein zahmer Ochse im Schlachthaus unterwegs, überlegte der Arzt, kriegt Nadelstiche von sadistischen Schlächtern und hält in der Hoffnung durch, daß dadurch sein Fleisch hinterher zarter ist; da lernt einer zu leben oder wird für zweitausendetwas Escudos im Monat gezähmt, kastriert, enthirnt, um eine Laien-Sãozinha zu werden. Was für eine Scheißhirnwäsche ist das bloß, wenn ich hier krumm wie ein Alter mit Rheuma, Hexenschuß, Ischias, verknöcherten Wirbeln und Zahnschmerzen wieder herausgehe, meine Hundeseele auf dem Nachhauseweg jault, und dennoch komme ich wieder, komme ich alle zwei Tage pünktlich wieder, um noch mehr auf die Mütze oder vollkommene Gleichgültigkeit und keine Antwort auf meine konkreten Ängste, keine Vorstellung davon zu bekommen, wie ich aus diesem Brunnen wieder herausklettern soll oder zumindest wie ich ein ganz klein wenig freie Luft da oben zu sehen kriege, keine Geste, die mir die Richtung zu einer gewissen Ruhe, einem gewissen Frieden, einem gewissen Einklang mit mir selber weist: Freud, du verdammter Jude, schieb dir deinen

Ödipus in den Arsch. Er öffnete die Tür zum Gruppenraum, und anstatt zu erklären, Ich scheiß auf euch alle, sagte er guten Tag und setzte sich diszipliniert auf den einzigen freien Stuhl im Zimmer.

Die Gruppe war vollzählig: fünf Frauen, drei Männer (mit ihm) und der Gruppenanalytiker, der sich mit geschlossenen Augen auf seinem üblichen Platz hingeflegelt hatte und, das Handgelenk auf der Armlehne des Sessels, mit seiner Uhr spielte: Du Mistkerl, dachte der Psychiater, du altes Arschloch, demnächst werde ich dir in einer Sitzung einen Tritt in die Weichteile versetzen, um zu sehen, ob du überhaupt noch lebst, und als hätte er es verstanden, hob der Psychoanalytiker zu ihm hin ein schläfriges, neutrales Augenlid, das er sofort zu einem Bild an der Wand des Zimmers lenkte, welches mehr oder weniger die Ansicht eines Städtchens wiedergab: Dächer in verschiedenen Farben, Kirchturm, stürmischer Himmel; durch das offene Fenster drang gedämpft der Streit der Kapverdianer auf der Straße und die Musik des Radios herauf, die jetzt Kreuzfahrtlautstärke hatte; durch die Vorhänge erkannte man die Umrisse der benachbarten Häuser, ein Zeichen dafür, daß es Leben außerhalb dieses Zimmers gab, dieses Aufbewahrungsortes konzentrierter Ängste, in dem scheinbar alles stillstand.

Eine der Frauen sprach über ihren Vater und über ihre Schwierigkeit, sich ihm zu nähern, und der Arzt, der diese Beschreibung bereits zigmal gehört hatte und sie besonders nervig und eintönig fand, vergnügte sich damit, die Wände genauer zu betrachten, die eine neue Schicht Farbe gebrauchen konnten, die schwarzweißen Sessel, die dicken Pinguinen glichen, den Tisch in der Ecke, auf dem ein rotes Tuch schlechter Qualität lag, darauf ein Telefon und zwei eselsohrige Telefonbücher: Dorthin legte der Therapeut die Umschläge für die Honorare, die die Nummern 1 bis 31 enthielten und Kugelschreiberkreise, die die Daten der Sitzungen anzeigten. Einer der Männer, den er sehr schätzte, schlummerte, das Kinn auf die Hand gestützt: Das hier ist heute wie im Parlament, dachte der Psychiater, der sich seinerseits auch von einer Art sehr leichten Müdigkeit überkommen fühlte, einem Häutchen matter Gleichgültigkeit, die seine Aufmerksamkeit störte. Die Frau, die von ihrem Vater sprach, schwieg unvermittelt, und eine andere begann sofort mit dem Bericht über den Verdacht einer Hirnhautentzündung bei ihrem Sohn, der sich letztlich nach einem langen Kreuzweg von einer Notaufnahmestation zur anderen und durch mehrere Arztpraxen nicht erhärtet hatte, wobei die Ärzte mit widersprüchlichen Diagnosen alles taten, um verächtlich die Meinung des vorangegangenen Kollegen zu entkräften. Der Mann, der geschlummert hatte, wachte auf, reckte sich und bat um eine Zigarette. Zu seiner Rechten lutschte ein Mädchen, das wie eine Waise wirkte, Tabletten gegen Angina und produzierte hin und wieder ein leichtes Zungenklicken: Sie hatte Mundwinkel, die enttäuscht und bitter waren wie die Augenbrauen sehr trauriger Menschen.

Ich komme seit wer weiß wie vielen Jahren hierher, überlegte der Arzt, während er seine Reisegefährten beobachtete, die zumeist vor ihm angefangen hatten, in den Wassern der Analyse zu segeln, und ich kenne euch immer noch nicht und habe auch nicht gelernt, euch kennenzulernen, zu begreifen, was ihr vom Leben wollt, was ihr euch von ihm erhofft. Es gibt Augenblicke, da bin ich nicht hier und denke an euch, und ihr fehlt mir, und dann frage ich mich, was ihr für mich bedeutet, und habe keine Antwort darauf, weil ich die meisten Antworten immer noch nicht weiß und von einer Frage zur anderen stolpere wie Galileo, bevor er entdeckte, daß die Erde sich bewegt, und in dieser Erklärung den Schlüssel für seine Fragestellungen fand. Und er fügte noch hinzu: Welche Erklärung werde ich eines Tages finden, welche Inquisition wird mich dann verurteilen, und wer wird mich zwingen, meine kleinen, persönlichen Errungenschaften aufzugeben, die leidvollen Scheißsiege über die Scheiße, aus der ich gemacht bin? Er holte einen gesprungenen Aschenbecher vom Tisch in der Mitte und steckte sich eine Zigarette an: Der Rauch fuhr mit derselben Gier in die Lunge, mit der die Luft in einen leeren Ballon strömt, und überschwemmte seinen Körper mit einer Art ruhigem Enthusiasmus: Der Psychiater sah im Geiste die erste heimliche, der Mutter geklaute Zigarette, die er mit elf Jahren am Badezimmerfenster mit der Wonne eines großen Abenteuers genuckelt hatte. Chesterfield: Seine Mutter zündete sie nach dem Mittagessen, umringt vom Ehemann und den Söhnen, neben dem Tablett mit der Kaffeemaschine an, und der Arzt hatte dem Rauch zugesehen, der sich um den eisernen Leuchter an der Decke sammelte und blaugeäderte Wolken bildete, die durchsichtig und langsam waren wie die Zirruswolken im Sommer, und sich wieder auflöste. Der Vater klopfte mit der Pfeife an den silbernen Aschenbecher mit der Inschrift DER RAUCH VERFLIEGT DIE FREUNDSCHAFT BLEIBT in der Mitte, eine große Gelassenheit breitete sich im Eßzimmer aus, und der Psychiater hatte die tröstliche Gewißheit, daß keiner von denen, die sich dort befanden, jemals sterben würde: acht helle Augenpaare um die silberne Blumenvase herum, vereint in der Ähnlichkeit der Gesichtszüge und einer kurzlangen gemeinsamen Vergangenheit.

Ein paar Mitglieder der Gruppe fragten das Mädchen nach Einzelheiten zur Krankheit des Sohnes, und der Arzt bemerkte, daß der Analytiker, der in Katalepsie versunken zu sein schien, mit dem Finger einen Fleck auf der schwarz-rot gemusterten Krawatte reinigte: Dieses Arschloch, dachte er, nicht nur daß er häßlich ist, er kleidet sich auch noch jedesmal schlechter: Nicht einmal die Socken mit den Sternchen fehlen, er trägt tatsächlich die Uniform für einen kleinen Empfang in einer der Pastelarias an der Avenida Paris in Begleitung seiner Frau, die ihr Fett in pflaumenfarbenen Satin gezwängt hat und einen Karnickelfuchs mit Psioriasis um den Hals trägt: Tief im Inneren wünschte er sich, der Analytiker möge sich seinen Eleganzvorstellungen entsprechend kleiden, die im übrigen, was ihn betraf, diskutabel und vage waren: Einer seiner Brüder sagte immer zu ihm, dem Psychiater, er wirke wie das Foto eines Provinzbräutigams im Doppelreiher mit schlecht gemachten Streifen. Ich ziehe mich wie das weiße Kaninchen aus Alice im Wunderland an und verlange, daß diejenigen, die ich schätze, die Uniform des verrückten Hutmachers tragen: Vielleicht können wir so mit der Herzkönigin spielen und dem alltäglichen Alltag mit einem Hieb den Kopf abschlagen und mit geschlossenen Füßen auf die andere Seite des Spiegels springen. Und dann sagte er sich selber: Eure Majestät, Ihr müßt lauter brüllen, wie auch immer, wie sieht das Licht einer Kerze aus, wenn sie erloschen ist?

Der dritte Mann in der Gruppe, der eine Brille trug und wie Emil aus Emil und die Detektive aussah, erklärte, er würde sich freuen, wenn seine Tochter stürbe, damit er mehr Aufmerksamkeit von seiner Frau bekäme, was zu unterschiedlich empörtem Gemurmel unter den Anwesenden führte.

– Gehen Sie zum Teufel, gehen Sie zum Teufel, sagte der Schlummernde, indem er sich auf dem Stuhl bewegte.

– Ehrlich, ließ der erste nicht locker. Es gibt Augenblicke, da habe ich Lust, zur Wiege zu gehen und die Tochter in einen Kessel mit kochendem Wasser zu werfen.

– Große Güte, sagte die mit der Hirnhautentzündung und suchte in ihrer Handtasche nach einem Taschentuch.

Es folgte eine Stille, die der Psychiater nutzte, um sich eine weitere Zigarette anzustecken, und der Kindesmörder nahm die Brille ab und schlug leise vor:

– Wahrscheinlich haben wir alle Lust, diejenigen zu töten, die wir mögen.

Der Gruppenanalytiker begann, seine Uhr aufzuziehen, und der Arzt fühlte sich wie Alice bei der Versammlung der Tiere, der Herr Dodo vorsaß: Was für eine merkwürdige innere Mechanik in allem hier regiert, dachte er, und welcher unterirdische rote Faden verbindet bloß die unzusammenhängenden Sätze und gibt ihnen einen Sinn und eine Dichte, die sich mir entziehen? Befinden wir uns an der Schwelle des Schweigens wie bei bestimmten Gedichten von Benn, in denen die Sätze ein unvermutetes Gewicht erhalten und die zugleich geheimnisvolle und offensichtliche Bedeutung von Träumen? Oder ist es so, daß ich wie Alberti heute abend die zu Tode getroffenen Worte spüre und mich von dem nähre, was in den Räumen zwischen ihnen funkelt und pulsiert? Wenn das Fleisch sich in Geräusch verwandelt, wo ist dann das Fleisch und wo das Geräusch? Und wo der Schlüssel, der erlaubt, dieses Morsen zu dekodieren, es konkret und einfach zu machen wie den Hunger oder den Wunsch zu urinieren oder die Sehnsucht nach einem Körper?

Er machte den Mund auf und sagte:

– Ich sehne mich nach meiner Frau.

Eines der Mädchen, das noch nichts gesagt hatte, lächelte ihn voller Mitgefühl an, und das ermutigte ihn fortzufahren:

– Ich sehne mich nach meiner Frau, kann es aber weder ihr noch sonstwem außer Ihnen sagen.

– Warum? fragte unerwartet der Gruppenanalytiker, als sei er heimlich von einer langen Fahrt durch das eigene Eis zurückgekehrt. Seine Stimme öffnete so etwas wie einen angenehmen Raum vor ihm, in dem der Psychiater sich am liebsten niedergelegt hätte.

– Ich weiß nicht, antwortete er schnell aus Furcht, die Empfänglichkeit, die er erreicht hatte, würde verschwinden und er sich vor acht gelangweilten oder feindlichen Gesichtern wiederfinden. Ich weiß es nicht oder weiß es, je nachdem, ich glaube, mich erschreckt die Liebe, die andere für mich empfinden und die ich für andere empfinde, ein wenig, und ich fürchte mich davor, das bis zum Ende, ganz und gar zu leben, mich den Dingen hinzugeben und um sie zu kämpfen, solange ich die Kraft dazu habe, und wenn die Kraft nachläßt, mehr Kraft aufzubringen, um den Kampf weiterzuführen.

Und er sprach über die unendliche Liebe, die fast fünfzig Jahre lang seinen Großvater und seine Großmutter väterlicherseits verbunden hatte und wie deren Kinder und die ältesten Enkel immer mit den Füßen aufstampfen mußten, um auf ihr Eintreten in ein Zimmer aufmerksam zu machen, in dem die beiden sich allein befanden. Er sah sie wieder, wie sie bei den Familienabendessen Hand in Hand am Eßtisch saßen und wie der Großvater seine Frau streichelte und sie meine Alte nannte und in diese Anrede eine tiefe, warme und unzerstörbare Zärtlichkeit legte. Er sprach über den Tod des Großvaters und den Mut, mit dem die Großmutter seine Krankheit, seine Agonie und seinen Tod aufrecht und trockenen Auges ertragen hatte und wie man ihr großes Leid unter dieser absoluten Ruhe ohne jede Weinerlichkeit, ohne irgendwelche Klagen bemerkte und wie sie aufrecht und erschüttert dem Sarg ihres Mannes zum Grab gefolgt war, mit höflichem Lächeln die Beileidsbezeugungen des Offiziers entgegengenommen hatte, der die Eskorte des Militärbegräbnisses des Ehemannes kommandierte, und wie sie, wieder zu Hause angekommen, die persönlichen Gegenstände des Vaters unter den Söhnen verteilt und sofort das Leben so organisiert hatte, daß alles so blieb, wie es, das wußten wir ebenso wie sie, der Großvater gewollt hätte, und bei den Mahlzeiten den Platz am Kopfende des Tisches einnahm und wir dies als etwas ganz Natürliches ansahen und es so blieb, bis sie achtzehn Jahre später selber starb und das Foto, das er ihr zur silbernen Hochzeit geschenkt hatte, mit in den Sarg nehmen wollte. Und er sprach über das, was der Priester während der Messe an ihrem Sarg gesagt hatte, und zwar, Wir haben eine Mutter verloren, und der Arzt hatte viel über diesen Satz nachgedacht, der über die Großmutter gesagt worden war, deren fehlende Zärtlichkeit und deren Härte ihn geärgert hatten, und er hatte am Ende zugegeben, daß es stimme und er in den dreißig Jahren seines Lebens dieser Frau nicht den Wert zugemessen habe, den sie tatsächlich besaß, und er sich wieder einmal bei der Einschätzung eines Menschen geirrt habe und es jetzt, wie immer, zu spät sei, um dies zu berichtigen.

– Man kann die Vergangenheit nicht ins reine schreiben, aber man kann die Gegenwart und die Zukunft besser leben, und Sie haben Schiß, deshalb hauen Sie ab, bemerkte das Mädchen, das gelächelt hatte.

– Wenigstens solange Sie die Notwendigkeit verspüren, sich weiterhin zu strafen, setzte der Analytiker nach, der intensiv den linken Daumennagel studierte, an dem die vollständigen Werke von Melanie Klein als Mikrofilm kleben mußten.

Der Psychiater lehnte sich auf seinem Stuhl zurück und suchte in der Tasche nach der dritten Zigarette dieser Sitzung: Strafe ich mich tatsächlich auf diese Weise, überlegte er, und wenn dem so ist, warum tue ich das? Und im Namen welcher nebulösen, für mich unerreichbaren Sünde? Oder tue ich es einfach nur, weil ich zu sonst nichts fähig bin und dies meine ganz eigene Art ist, mich in der Welt zu fühlen, wie ein Alkoholiker trinken muß, um sich zu versichern, daß er existiert, oder ein Weiberheld vögeln muß, um sich zu versichern, daß er ein Mann ist? Und landen wir nicht fatalerweise alle bei der wesentlichen Frage, die sich hinter allen anderen Fragen befindet, wenn alle anderen sich entfernen oder entfernt wurden, und die, mit Verlaub, heißt: Wer bin ich? Ich frage mich, und die Antwort lautet hartnäckig, unverändert: Eine Scheiße.

– Warum hassen Sie sich? fragte der Kindsmörder.

– Aus demselben Grund, der Onkel José dazu gebracht hat, zu Pferde in die Küche meines Großvaters zu kommen, antwortete der Psychiater.

Und erzählte, wie Onkel José, den er nicht mehr kennengelernt hatte, monatelang vollkommen reglos an einem Fenster sitzend verbrachte, ohne mit jemandem zu reden, bis er sich unvermittelt erhob, eine Nelke an den Frack steckte, sich auf die Stute setzte und eine Periode fiebriger Aktivitäten bei Geschäften und in Cabarets begann, in deren Pausen er quichottesk, voll gebrechlicher Fröhlichkeit in die Küchen von Neffen und Freunden hereingetrottet kam.

– Auch Onkel José wußte nicht, warum er zwischen Töpfen und dem Geschrei der empörten Köchinnen herumritt, und genausowenig weiß ich, warum ich mich nicht ausstehen kann, sagte der Psychiater.

Und fügte leise im Tonfall von jemandem hinzu, der irgendeinen inneren Weg vollendet:

– Mein Urgroßvater hat sich mit zwei Pistolen das Leben genommen, als er herausfand, daß er Krebs hatte.

– Sie sind nicht Ihr Urgroßvater, erklärte der Analytiker, während er sich am Ellenbogen kratzte, und Ihr Guermantes ist nur ein Guermantes.

– Sie leben inmitten der Toten, um nicht inmitten der Lebenden zu leben, sagte das Mädchen mit dem Vaterproblem. Sie wirken wie eine Stimme aus dem Off, die aus einem Fotoalbum tönt.

– Warum sehen Sie nicht uns an, die wir atmen? fragte der Kindsmörder.

– Und sich nicht als einen, der atmet, schlug die mit dem Lächeln vor. Sie sind wie diese Kinder im Bett, die Angst vor der Dunkelheit haben und sich die Decke über den Kopf ziehen.

Was bringt diese Heinis bloß alle dazu, über mich herzufallen? fragte sich der Arzt.

– Da verprügeln aber die kräftigen Kerle den blinden Invaliden, klagte er, so gut lächelnd, wie er konnte.

– Bevor der blinde Invalide, der weder blind noch invalide ist, die kräftigen Kerle und sich selber einwickelt, um weiterhin den Vorteil zu genießen, blind und invalide zu sein, entgegnete die Melancholische mit der Angina sehr langsam. Wir fallen nicht auf den Sirenengesang Ihres Selbstmitleids herein, und wenn Sie Gefallen daran haben, Fußtritte in den Arsch der Seele zu bekommen, dann ist das Ihre Sache, aber zwingen Sie uns nicht, Ihnen dabei zuzuschauen.

Es entstand eine lange Stille, die vom gedämpften Lärm des Verkehrs von unten, des abendlichen Verkehrs, gefüllt wurde, der schräg wie eine Katze durch die erleuchtete Stadt glitt: In wenigen Minuten werde ich allein im Neonlicht stehen, dachte der Psychiater, mir den Kopf über ein Restaurant zum Abendessen zerbrechen, und jeder dieser Gauner hat jemanden, der zu Hause auf ihn wartet: Diese letzte Feststellung ließ in ihm eine Riesenwut auf die anderen aufkommen, die sich besser gegen den glibbrigen Kraken der Depression wehren konnten.

— Sich aufspielen ist einfach, brüllte er in die Runde und begleitete den Schrei mit zweihändigen Obszönitäten.

— Der eine will seine Tochter umbringen, der andere schickt uns sonstwohin, protestierte lachend eines der Mädchen. Ihr seid ein paar Witzbolde, die Ängste aus Pappe erfinden.

— Tiere auf dem Dach, die von Trauer überfallen wimmern, anstatt rollig zu maunzen, setzte die mit der Hirnhautentzündung nach.

Der Analytiker schneuzte sich lärmend und steckte das Taschentuch, zu einem Ball geknüllt, in die Hosentasche: Es sah so aus, als würde er dem Gespräch absolut gleichgültig beiwohnen, der Passivität pflanzlichen Wiederkäuens hingegeben: Das Innere dieses dicken, noch jungen Mannes war für den Psychiater ein vollkommenes Rätsel, obwohl sie sich seit Jahren dreimal in der Woche in diesem Zimmer, in dem sich ein Großteil seines Lebens abspielte, trafen, das mit einem Sakristeivorhang am Eingang und einer von unzähligen Zigaretten braunen Decke genauso vernachlässigt wirkte wie sein Besitzer. Der Nickerchen-Mann neben ihm schaute verstohlen auf seine Uhr: Noch ein paar Minuten, und der Analytiker würde sich mit den Fingern auf den Armlehnen des Stuhls abstützen, sich erheben und die Sitzung für beendet erklären: die Treppe hinuntersteigen, auf die Straße hinaustreten, wieder anfangen: unter großen Anstrengungen aus dem Brunnen heraus bis in die Landschaft mit den Kräutern hier draußen kommen, die nassen Kleider auswringen, aufbrechen: wie damals, als ich aus Afrika kam und nicht wußte, was ich machen sollte, und mich auf einem sehr langen Flur befand, in dem es keine Tür gab, und ich eine Tochter und eine schwangere Frau und eine immense Müdigkeit in den von zu vielen Buschpfaden durcheinandergeschüttelten Knochen hatte. Er sah in Gedanken das Grab von Zé do Telhado in Dala wieder und das Haus mit dem Grasdach von Senhor Gaspar inmitten der hohen Bäume, in denen ein riesiger zahmer Affe mit weißer Schnauze herumsprang, der mit einer Leine an einem Eisenpfosten festgebunden war, er sah den Tod des Gefreiten Pereira beim Brand des Unimogs wieder und die phantastischen Feuer beim Abbrennen der Felder die ganze Nacht hindurch: Seit sie mich nach Padua zu meiner ersten Kommunion mitgenommen haben, dachte der Arzt, bin ich schon ganz schön rumgekommen.

— Entschuldigen Sie bitte das mit den Ängsten aus Pappe, sagte das Mädchen, das noch vor ein paar Augenblicken über ihn gelacht hatte. Ich weiß, daß es Ihnen beschissen geht.

Der Psychiater strich kurz über ihren Arm, während der Gruppenanalytiker begann, sich zu erheben, und warf ihr einen Kalvarienseitenblick zu:

– Meine Tochter, versicherte er ihr, du wirst noch heute mit mir im Paradies sein.

Als er allein in der Nacht der Rua Augusto Gil mit nicht gestartetem Motor und nicht eingeschaltetem Licht im Wagen saß, stützte der Psychiater die Hände auf das Lenkrad und begann zu weinen: Er tat alles Erdenkliche, um keinen Laut von sich zu geben, so daß seine Schultern zuckten wie die der Schauspielerinnen im Stummfilm, die die Korkenzieherlocken und die Tränen in der Umarmung eines bärtigen Großvaters verbergen: Scheiße Scheiße Scheiße Scheiße Scheiße, sagte er in seinem Inneren, weil ich in mir keine anderen Worte als diese fand, eine Art schwacher Protest gegen die kompakte Traurigkeit, die mich erfüllte. Ich fühlte mich sehr schutzlos und sehr allein und hatte keine Lust, jemanden anzurufen, denn (das wußte ich) es gab Überfahrten, die man nur allein machen konnte, ohne Hilfe, auch wenn man Gefahr lief, kopfüber in eines dieser schlaflosen Morgengrauen zu geraten, welche uns zu Pedro und Inês in den Sarkophagen von Alcobaça machen, die bis ans Ende der Welt steinern daliegen. Und ich erinnerte mich daran, wie mir eine Bekannte erzählt hatte, daß ihre Mutter sie oft zu Besuchen mitgenommen hatte, als sie noch ganz klein war, in einer Zeit, in der die Menschen miteinander auf Zehenspitzen übertriebener Höflichkeit verkehrten; und da trat sie in eines dieser steifen, von großen Uhren und Pianos mit Leuchtern bevölkerten Häuser, in denen die Musik sich zitternd zum Wind hin neigt, hörte die vom Damast der

Vorhänge gedämpften Klagen der Damen und die Seufzer der Toten auf den Bildern an der Wand und dachte: Wie traurig dieses Haus um drei Uhr nachmittags sein muß. So daß sie viele Jahre später Apothekenalkohol in die Blumenvasen goß, um ihn heimlich zu trinken und so einen ewigen Mittag zu erreichen.

Die Nacht der Straßen und Plätze kam dem Psychiater an diesem Freitag so vor wie die Nächte seiner Kindheit, wenn er im Bett liegend aus dem Arbeitszimmer jene Opernduette hörte, die als erschreckender Streit zu ihm gelangten, der Vater-Tenor und die Mutter-Sopranstimme, die sich schreiend vor einem unheimlichen Orchesterklang stritten, den die Dunkelheit noch verstärkte, bis einer den anderen in der Schlinge eines lange gehaltenen C erhängte, auf das die schreckliche Stille großer Tragödien folgte: Jemand lag in einer Achtelnotenlache auf dem Teppich, von b-Molls dahingemordet, und schwarzgekleidete Totengräber würden bald schon mit einem Sarg die Treppe heraufkommen, der, mit zwei gekreuzten Dirigentenstäben als Kruzifix auf dem Deckel, dem Kasten eines Kontrabasses glich. Die Dienstmädchen mit gestärktem Häubchen und gestärkter Schürze stimmten in der Mundart der Beira im Eßzimmer den Jägerchor an. Der Priester tauchte, als Dom José verkleidet, aus einem spanischen Wirbel von Marientöchtern auf. Und der Schäferhund der Gerberei schickte sein Hund-von-Baskerville-Geheul in einer Neufassung von Saint-Saëns ins Land.

In der Nacht von Lissabon hat man das Gefühl, in einem Roman von Eugène Sue zu leben, mit einer Seite für den Tejo, in dem die Rua Barão de Sabrosa das verschossene Lesezeichenseidenbändchen ist, trotz der Dächer, auf denen Plantagen von

Fernsehantennen blühen, die den Büschen von Miró ähneln. Der Psychiater, der nie ein Taschentuch bei sich hatte, wischte sich Rotz und Tränen mit dem grünen Tuch ab, mit dem er für gewöhnlich seinen warmen Christkindkrippenkuhatem von der Scheibe wischte, schaltete das Licht an (das beleuchtete Armaturenbrett kam ihm immer wie eine aus der Ferne gesehene kleine Stadt im Alentejo vor, in der gefeiert wird), und er startete den Motor des kleinen Autos, dessen Laufen sich in seinem Körper fortsetzte, als wäre er auch ein Teil dieses glatten, vibrierenden Getriebes. In einer Tür direkt neben ihm küßte ein junges Mädchen einen glatzköpfigen Herrn auf den Mund: Ihre Hüften besaßen die sinnliche Harmonie bestimmter, schnell hingeworfener Zeichnungen von Stuart Carvalhais, und der Arzt beneidete zutiefst das häßliche Männlein, das das Mädchen liebkoste und dabei die vorquellenden Graubarschaugen rollte: Der gelbe amerikanische Wagen mit den grünen Scheiben gehörte zweifellos ihm; das am Rückspiegel hängende Plastikskelett hatte dieselbe Wellenlänge wie der Ring, den er am kleinen Finger trug, ein englisches Pfund in Gold, von drei Silberzähnchen gehalten. Wenn ich die Tochter meiner Waschfrau heiraten würde, wäre ich vielleicht glücklich, rezitierte der Psychiater laut, während er den Kerl ansah, der aus dem offenen Mund jene Siedegeräusche ausstieß, mit dem Leute mit künstlichem Gebiß zu heißen Kaffee trinken: Wenn ich in seinem Alter bin, werde ich Küsse wie Suppe essen und am Ende die Zähne mit Zahnstochern bearbeiten, um unangenehme Zärtlichkeitsreste aus den Backenzähnen zu befördern; und vielleicht interessiert sich dann ja ein Mädchen wie dies da für meine Menhirsreize.

Oh darkness darkness darkness: formlose Nacht, die flüs-

sig aus den Häusern rinnt, im Erdgeschoß entspringt, im Asphalt, in den Teichen, den Büschen, der reglosen Stille des
Flusses, in den Truhen und Kommoden der Flure alter Häuser,
die gefüllt sind mit der Kleidung von Toten: Der Arzt erreichte
die Avenida Defensores de Chaves und fuhr langsam in der
unsinnigen Hoffung, die Zeit würde rasend schnell rollen und
er sich drei Block weiter vierzigjährig und glücklich in einer
Villa in Estoril wiederfinden, von Windhunden mit Stamm-
baum, guten Bucheinbänden und blonden Kindern umringt,
denn er wußte, daß vor ihm eine unruhige, stürmische Traurigkeit lag, deren Ende, wenn es überhaupt eines gab, er in der
Ferne nicht sah. Normalerweise bekämpfte er diese Zustände,
indem er zum Schlafen in ein Hotel nach dem anderen zog
(vom Rex ins Impala, vom Impala ins Penta, vom Penta ins Impala) und so morgens den eigenartigen Schock erlebte, in einem
unpersönlichen, fremden Zimmer aufzuwachen, zum Fenster
zu gehen und dort unten die übliche Stadt zu sehen, den üblichen Verkehr, die üblichen Leute, und ich, heimatlos im eigenen Land, wusch mir mit einem Probestückchen Feno-de-Por-
tugal-Seife, einer Aufmerksamkeit der Geschäftsführung, die
Achseln und ließ die Schlüssel mit falscher Ferienlässigkeit am
Empfang zurück.

Der Psychiater umrundete die Praça José Fontana, wo er
zum erstenmal, als er gerade aus dem Gymnasium gekommen
war, zwei Hunde beim Liebesakt gesehen hatte, die vom be-
trächtlichen puritanischen Zorn der Kastanienverkäuferin verfolgt wurden, die im Sommer ihr dreirädriges Gefährt mit Eis
bestückte und auf diese Weise die gleiche beneidenswerte Ge-
schmeidigkeit an den Tag legte wie die einheimischen Politiker; sieben Jahre lang durchquerte ich täglich die Bäume dieses

Parks, der zu gleichen Teilen von Rentnern und Kindern bevölkert war und ein Pissoir unter dem Musikpavillon besaß,
das von einem Zerberus der Stadtverwaltung bewacht wurde,
der von der Morgenröte an unter den wandelbaren Launen einer chronischen Trunkenheit litt: Der Arzt stellte sich immer
vor, er sei heimlich mit der Frau vom Kastanien-Eis-Dreirad
verheiratet, mit der er sich bei Einbruch der Dunkelheit mit einem Saugnapfgeräusch vereinte und dann im Ehegemach der
Toiletten, das mit erklärenden Zeichnungen dekoriert war, die
wie die Plakate an den Erste-Hilfe-Posten die Wechselfälle der
Mund-zu-Mund-Beatmung erläuterten, seine Alkoholrülpser
mit ihrem polaren Vanilleatem vermischte. Ein alter Homo-
sexueller mit geschminkten Wangen spazierte zwischen den
Bänken umher und beobachtete die Schüler mit Blicken wie
klebrige Bonbons. Und ein würdiger Herr mit Aktentasche
trieb, neben dem Brunnen sitzend, mit dem Missionarsgeist
von jemandem, der Erstkommunionskindern an den Türen der
Kirchen Heiligengebetsbildchen aufdrängt, mit pornographi-
schen Fotos Handel.

Als er an der Avenida Duque de Loulé ankam, ließen ihn
die Leuchtreklamen der chinesischen Restaurants, kulinarische
Keilschriftbuchstaben für Landeier, unentschlossen zögern, von
den exotischen Namen der Gerichte in Versuchung geführt,
aber er dachte sofort daran, daß er sich, wenn er ohne Begleitung zu Abend aß, noch einsamer fühlen, er ohne Schirmchen
auf dem Drahtseil seines Unglücks vor einem gleichgültigen
Publikum schwanken würde, so daß er den Wagen etwas un-
terhalb, in der Nähe einer Telefonzelle abstellte, die genauso
aussah wie die auf dem Bild voller lächelnder Körper, das er in
der Woche zuvor in einer Zeitschrift gesehen hatte mit der

Unterschrift: Neuer Weltrekord: Sechsunddreißig englische Studenten in einer Telefonzelle. Der auf der Gabel ruhende Hörer weckte in ihm den Wunsch, seine Frau anzurufen (Ich liebe dich, ich habe nicht aufgehört, dich zu lieben, laß uns gemeinsam um uns kämpfen), und daher machte er sich fast im Galopp davon und stolperte die Stufen zum Noite e Dia, zur Snackbar im Keller hinunter, kam dem Portier zuvor, der seinem Lehrer in der vierten Klasse ähnlich sah und gerade die Eingangstür aus Glas aufstoßen wollte.

An den Futterkrippen des langen Tresens entstand so etwas wie eine Solidarität Sorte Letztes Abendmahl, die dem Psychiater half, innerlich auf den Beinen zu bleiben, als würden die Ellenbogen rechts und die Ellenbogen links von ihm wie Stützen wirken, welche die zersplitterten Knochen seiner Verzweiflung zusammenhielten und daran hinderten, sich auf dem Boden zu verteilen wie Mikadostäbe. Er setzte sich zwischen ein Jüngelchen, das vor der Zeit wie ein trauriger Bibliothekar gekleidet war, und ein Ehepaar in der Krise, das in stillem ehelichem Haß die Stacheln aufgestellt hatte und, den Blick starr auf den Horizont einer strittigen Scheidung gerichtet, wütend rauchte, er bestellte beim Kellner ein schnelles Beefsteak und ein Glas Wasser und beobachtete dann die ihm gegenübersitzenden Tischgenossen, zum größten Teil Mädchen, die sich in einem nahe gelegenen Nachtclub abwechselten und reglos über ihrem Kaffee saßen wie in Eucharistien versteinerte Priester. Ihre Finger mit riesigen, roten Nägeln hielten geschmuggelte amerikanische Zigaretten, mit deren Rauch sie rituell die Tassen beweihräucherten, und der Arzt amüsierte sich dabei, in ihren Gesichtern unter dem schlechten Make-up und in den falschen, von den Filmen im Eden-Kino gelernten

Gebärden, unter den Falten, die Kindheiten voller Entbehrungen für immer in Mund- und Augenwinkeln eingegraben haben, die unauslöschlichen Hieroglyphen der Armut zu entdecken. Als er noch ledig war, hatte er hin und wieder die Bars der Prostituierten am Rand des Bairro Alto in buckligen Gassen besucht, die dunkel waren wie entleerte Augenhöhlen, um ihnen zuzuhören, wie sie vor lauwarmem Bier und angesichts einer Zukunft naher Schiffbrüche ohne Überlebende rührende, tugendhafte Jugendjahre im Stil der Corin Tellado erfanden: Scheißkapitalismus, dachte er, nicht einmal diese Armen hast du verschont; auf daß wir sterben und das beschissene System lebt, noch mehr Weltkriege, mit denen du die Krisen deiner Agonie löst: Man senkt die Arbeitslosenquote auf Kosten von Millionen Opfern, man mischt die Karten neu und fängt das Spiel von neuem an, denn, wie der andere so schön gesagt hat, wichtig ist nicht, ob es Leute gibt, die Hunger haben, denn so oder so gibt es jede Menge, die was zu essen haben. Manchmal begleitete er sie im Taxi in die Zimmer ohne Aufzug, in denen sie lebten, und war entsetzt über die Möbel aus Kisten, über die Bilder in Rahmen aus Draht und die Koffer aus Pappe, die mit blauem Sternchenpapier gefüttert waren wie Briefumschläge: Diese Tanten, wunderte sich der Psychiater, bewahren sich ungebrochen den Geschmack und die Vorlieben von Dienstmädchen aus der Provinz, die sie wahrscheinlich einmal gewesen sind, trotz der Wimperntusche aus der Drogerie und Parfüms vom Typ Insektenkiller, mit denen sie sich verkleiden; in ihnen bleibt eine atavistische Authentizität erhalten, die mein Vorstellungsvermögen übersteigt, der ich zwischen der Seelenmesse am siebten Tag nach der Beerdigung und guten Manieren aufgezogen wurde, und wenn sie sich das Gesicht im

Emaillewaschbecken waschen und sich ins Bett legen, um zu schlafen, ähnelt die ohne Schirm an einem Kabel von der Decke wie ein herausgerissener Augapfel herunterhängende Glühbirne an die Lampe der Guernica, die eine verwüstete Landschaft erhellt. Und ich hier in Todsünde wie jemand, der die Kommunion feiert, ohne gebeichtet zu haben.

Während er, das Kinn auf dem Teller, das Beefsteak kaute, fühlte der Arzt, daß die Anspannung des Ehepaars zu seiner Linken sich dem gasförmigen Zustand eines wütenden Streites näherte, hohe Flut, die das Strandgut angenehmer Erinnerungen vom Sand der Vergangenheit fegt, die gemeinsam durchgestandenen Schwierigkeiten, die Krankheiten der Kinder, die in schlaflosem nächtlichem Aufschrecken ausgespäht wurden.

Der Mann hatte die Nasenlöcher geweitet, zermalmte die Autoschlüssel, knetete sie in den zitternden Händen, die Frau, mit einem ungemein straffen, herausfordernden Lächeln auf den Lippen, schlug mit dem Kaffeelöffel im Rhythmus einer Militärtrommel an das Bierglas: Ihr Profil, ärgerlich wie das einer Katze kurz vor dem Sprung, ähnelte den in steinerne Wut gegossenen Fratzen an den Brunnen. Der Notarsjunge auf der anderen Seite erklärte der dicken Dame, die ihn begleitete, mit der würdigen Selbstzufriedenheit der Starkdummen die Handlung von Vetter Basílio: Man erahnte in ihm den Richter am Obersten Gericht oder den Vorsitzenden der Mitgliederversammlung eines Sportvereins, der tiefernst aufgeblasenen Schwachsinn von sich gibt, und der Psychiater fühlte für den Kerl einen Strom jenes ehrlichen Mitleids, das er für diejenigen empfand, die, unheilbar in Dummheit eingemauert, die Existenz der anderen nicht bemerken. Zwei Ausländer kamen die

Treppe herunter und setzten sich neben die Mädchen vom Nachtclub, die sofort begannen, sich wie Apportierhunde vor der nahenden Jagd zu erregen: Eine Blonde mit großen, von einem sehr engen Pullover bedeckten Brüsten lächelte ihnen schamlos zu, und der Arzt fühlte, wie sich in seiner Hose eine brüderliche Erektion weitete, während die Ausländer flüsternd miteinander die Strategie berieten, die sie verfolgen sollten: Man sah deutlich, daß sie uneins zwischen Schüchternheit und Begehren schwankten. Die Blonde zog eine einen halben Meter lange Zigarettenspitze aus der Handtasche und bat einen von ihnen um Feuer, wobei sie ihn anschaute, ohne den Blick abzuwenden: Die Brust schwoll im engen Pullover wie bei einer balzenden Taube, und der Ausländer zog erschrocken vor dieser ihn bedrohenden fleischfressenden Pflanze den Oberkörper zurück; er wühlte in den Hosentaschen und fand schließlich eine Streichholzschachtel mit der Werbung für eine Luftfahrtgesellschaft; eine ängstliche Flamme erbebte: Kaum bist du da, du Gauner, dachte der Arzt, während er eine Mousse au Chocolat in Angriff nahm und das sprachlose Gesicht des Ausländers beobachtete; du bist kaum da, und schon wirst du kommen, wie du dir nie hast träumen lassen, daß du einmal in deinem ganzen Leben kommen würdest, so wie du bei den aseptischen Geschlechtsakten, die du bislang abgeritten hast, nie gekommen bist. Und er erinnerte sich an den Augenblick direkt vor der Ejakulation, wenn der Körper, in eine Welle verwandelt, die in ungestümer Lust immer stärker, immer schwerer, immer dichter werdend heranrollt, unvermittelt in einer Explosion aus Gischt zerstiebt, die so groß ist wie die Welt und in der Teile von uns unabhängig von uns in jeden Winkel der Bettücher fliegen, und wir, jubilierende Schiffbrüchige der Zärtlichkeit, zerflossen, dann in farbloser Schlaffheit einschlafen. Ihm fiel ein Wochenende ein, das er nach der Trennung mit seiner Frau in einem kleinen Hotel am Guincho-Strand verbracht hatte, das sich an der Steilküste gegen den Wind, die Möwen und die Sandohrfeigen der Nacht duckte, und das direkt zum Meer hinausgehende Zimmer, in dem sie untergebracht waren und das einen schmalen, über dem Wasser hängenden Balkon hatte. Dort hatten sie nebeneinander auf der Matratze gelegen, sich geliebt, voller Staunen darüber, einander Pore für Pore in jeder Liebkosung, in jedem langen Kuß, in jeder Reise der Liebe wiederzuentdecken: Und wieder einmal war er es gewesen, der nicht den Mut gehabt hatte, weiterzumachen, der niedergeschlagen aufgegeben hatte, um sie beide zu kämpfen. Hör mal, artikulierte der Psychiater in seinem Inneren, während er das Mousse-Schälchen auskratzte, hör mal: Du existierst so tief in mir, mit so vielen muskulösen und starken Wurzeln, daß nicht einmal ich sie jemals werde abschneiden können; und wenn ich es schaffe, meine Feigheit, meinen Egoismus, diese Schlammscheiße zu überwinden, die mich daran hindert, dir zu geben und mich zu geben, wenn ich das schaffe, wenn ich das wirklich schaffe, dann komme ich zurück.

Die Blonde und einer der Ausländer gingen Hand in Hand hinaus auf die Avenida Duque de Loulé, während der andere nun seinerseits von einer kleinen, mageren Brünetten belagert wurde, die wie eine Essigfliege aussah und sich in ausholenden Commedia-dell'arte-Gesten ausdrückte. Das verfeindete Ehepaar zog sich grollschnaubend zurück; sie bewegten sich vorsichtig wie Prozessionstragegestelle, damit auch nicht ein Tropfen ihrer beider Wut verschüttet wurde. Die Mutter (oder Ehefrau?) des Bibliothekarsjünglings bat um die Rechnung.

Die Kellner unterhielten sich neben der Kaffeemaschine mit dem Koch. Wer zuletzt geht, macht das Licht aus, dachte der Arzt und erinnerte sich an seine kindliche Angst vor der Dunkelheit. Wenn ich nicht bald in die Hufe komme, bin ich am Arsch: Dann ist keiner mehr hier, nur noch ich.

Jede Nacht etwa um diese Zeit fuhr der Psychiater diese Strecke auf der Autobahn und der Uferstraße, um in die kleine möbellose Wohnung zurückzukehren, in der ihn niemand erwartete und die hoch oben auf dem Monte Estoril in einem für seine Schüchternheit zu luxuriösen Gebäude lag. Der Schreibtisch des Portiers in dem riesigen Atrium aus Glas und Metall mit einem Teich, Pflanzen wie im Botanischen Garten und unterschiedlichen Ebenen aus Stein besaß ein Schaltbrett mit Knöpfen, durch das eine Stimme vom Jüngsten Gericht körperlos hallend in den verschiedenen Stockwerken ihre häuslichen Gebote mit dem göttlichen Klang eines kaputten Eimers oder einer leeren Garage verkündete. Senhor Ferreira, der Besitzer dieser ungeheuren Stimme, wohnte in den unteren Bereichen des Gebäudes, von einer Tür im Banktresorstil geschützt, die der Architekt in diesem Szenarium eines prätentiösen Bunkers für angemessen gehalten haben mußte: Wahrscheinlich war er es gewesen, der diesen unvergeßlichen Windhund im Möbelladen gemalt oder den phantasievollen Aluminiumlüster entworfen hatte: Diese drei bemerkenswerten Elukubrationen besaßen einen gemeinsamen genialen Funken. Nicht weniger bemerkenswert war im übrigen das Wohnzimmer von Senhor Ferreira, das der Arzt hin und wieder für dringende Telefongespräche nutzte und wo es unter anderen weniger wichtigen Wundern (ein portugiesische Gitarre spielender Coimbra-Student aus Porzellan, eine Büste von Papst Pius XII. mit geschminkten Augen, einen Esel aus Bakelit mit Plastikblumen in den Körben) einen großen Wandteppich gab, der ein Tigerpaar mit der gutmütigen Miene der Kühe auf den Käsedreiecken darstellte, die angeekelt wie Vegetarier eine Gazelle zu Mittag verspeisten, die einem mageren Karnickel ähnelte, während ein Horizont mit Korkeichen in matter Hoffnung auf ein Wunder wartete. Der Arzt stand immer, das Gespräch vergessend, mit dem Hörer in der Hand da und schaute sich verblüfft dieses abrakadabramäßige Werk an. Die Frau von Senhor Ferreira, die für ihn jene instinktive Sympathie hegte, die Waisen erwecken, kam dann immer, die Hände an der Schürze abtrocknend, aus der Küche:

– Die Tigerchen haben es Ihnen ja wirklich angetan, Herr Doktor.

Und stellte sich mit schräg gelegtem Kopf neben den Psychiater und betrachtete stolz ihre Tiere, bis Senhor Ferreira seinerseits erschien und mit der berühmten göttlichen Stimme den Satz aussprach, der für ihn den Höhepunkt künstlerischer Bewunderung zusammenfaßte:

– Diese Gauner sehen aus, als würden sie reden.

Und tatsächlich erwartete der Arzt jeden Augenblick, daß eines der Tiere seine dunklen Glasperlenaugen auf ihn richten und mit einem klagenden Seufzer Ach, mein Gott murmeln würde.

Während er den Wagen über die Autobahn lenkte, dabei auf die Schattenmassen, die die Scheinwerfer abwechselnd freilegten und dann verschlangen, aus der Dunkelheit einer tragischen Unwirklichkeit gerissene Bäume, ineinander verschlungene Büsche, das kurvige, zitternde Band des Straßenbelags achtete, dachte der Psychiater, daß Estoril und er, den Wand-teppich von Senhor Ferreira einmal ausgenommen, nichts hatten, was sie einander näherbrachte: Er war in einer Klinik für Arme geboren worden und in einem Armeleuteviertel ohne den Luxus von Villen mit Swimmingpool und internationalen Hotels aufgewachsen und hatte dort immer gewohnt, bis er vor ein paar Monaten das Haus verlassen hatte. Das Bierlokal Estrela Brilhante war seine Pastelaria Garrett, statt Kuchen gab es gebratenes Hühnerklein und gekochte Lupinenkerne, und anstelle der Damen vom Roten Kreuz Bus- oder Straßen-bahnfahrer, die, wenn sie ihre Schirmmützen abnahmen, um die Stirn mit dem Taschentuch abzuwischen, plötzlich nackt wirkten. Im Stockwerk unter seinen Eltern wohnte Maria Fei-joca, die Besitzerin der Kohlenhandlung, und im Haus neben-an Dona Maria José, die mit obskurer Schmuggelware Handel trieb. Er kannte die Ladenbesitzer mit Namen und die Nach-barn bei ihren Spitznamen, und seine Großmütter begrüßten die Marktfrauen mit Burgdamengesten. Florentino, der legen-däre, ständig betrunkene Dienstmann, dessen zerrissene An-züge sich um den Körper bewegten wie lose Federn, verkündete jedesmal, wenn er ihn sah, mit einer vom Rotwein verzehn-fachten Vertrautheit, Ihr Väterchen ist ein enger Freund von mir, und winkte ihm aus der Taverne an der Straße zum Fried-hof zu, wo das Schild NÄCHSTES MAL ERWARTE ICH EUCH HIER dem Tod die untergeordnete Bedeutung eines Vorwands ver-lieh: Das Bestattungsinstitut Martelo (»Warum wollen Sie unbedingt leben, wo Sie doch für fünfhundert Escudos ein schönes Begräbnis haben können?«) zeigte Särge und direkt darüber Händchen aus Wachs strategisch plaziert, genau auf halbem Weg zwischen Grab und Glas. Der Arzt empfand eine riesige Zärtlichkeit für das Benfica seiner Kindheit, das durch die Gier der Bauunternehmer in ein Póvoa de Santo Adrião verwandelt worden war, jene Zärtlichkeit, die man einem alten, von vielen Narben entstellten Freund entgegenbringt, in dessen Gesicht man vergebens die vertrauten Züge von einst sucht. Wenn sie das Haus von Pires abreißen, sagte er und dachte dabei an das riesige alte Gebäude gegenüber dem Haus seiner Großeltern, an welchem magnetischen Norden orientiere ich mich dann, der ich nur so wenige Bezugspunkte habe und so große Schwierigkeiten, mir neue zu machen? Und er stellte sich vor, wie er ziellos durch die Stadt trieb, ohne Kompaß in einem Labyrinth aus Gassen verloren, denn Estoril würde für ihn immer eine fremde Insel fern der Geräusche und der Düfte seines Geburtswaldes bleiben, an die er sich nie würde gewöhnen können. Von der Wohnung aus sah man Lissabon, und wenn er auf den ausufernden Fleck der Stadt schaute, empfand er sie zugleich fern und nah, schmerzlich fern und nah wie seine Töchter, seine Frau und den Dachboden mit den schrägen Wänden, in dem sie lebten (Pátio das Cantigas, Hof der Lieder nannte sie ihn), voller Stiche, Bücher und herumliegender Kinderspielsachen.

Er kam in Caxias heraus, wo die Wellen in vertikalen Reihen über die Mauer sprangen. Es schien kein Mond, und der Fluß vermählte sich im schwarzen Raum links von ihm mit dem Meer: Die roten Lichter des Mónaco ähnelten hinter den feuchten Fensterscheiben des Restaurants anämischen Fanalen im Sturm: Hier habe ich zu Abend gegessen, als ich geheiratet habe, dachte der Psychiater, und es hat nie wieder ein so wunderbares Abendessen gegeben: Sogar aus dem Braten stieg ein Geschmack nach Überraschung auf; als wir den Kaffee getrunken haben, wurde mir klar, daß es zum erstenmal nicht mehr notwendig war, dich nach Hause zu bringen, und das ließ eine phantastische Freude in meinen Eingeweiden losbrechen, als hätte von diesem Augenblick an mein Leben als Mann begonnen, das mir trotz des drohenden Krieges voller Kraft und Hoffnung offenstand. Er erinnerte sich an den Wagen, den seine Großmutter ihm für die Hochzeitsreise geliehen hatte und der der letzte Wagen ihres Mannes gewesen war, an dessen langsames Wiegenschaukeln, er erinnerte sich an das merkwürdige Gefühl des Eherings am Finger, an den Anzug, den er an diesem Nachmittag das erste Mal angehabt hatte, und seine lächerliche Vorsicht mit den Bügelfalten. Ich liebe dich, wiederholte er laut, während er sich an das Lenkrad klammerte wie an ein zerbrochenes Ruder, ich liebe dich ich liebe dich ich liebe dich ich liebe dich ich liebe dich, ich liebe deinen Körper, deine Beine, deine Hände, deine rührenden Augen eines Tieres: Und er war wie ein Blinder, der weiter mit dem Menschen redet, der auf Zehenspitzen aus dem Zimmer gegangen war, ein Blinder, der einen leeren Stuhl anschreit, mit den Händen die Luft erfühlt, mit den Nasenlöchern einen verfliegenden Duft abtastet. Wenn ich jetzt nach Hause gehe, bin ich geliefert, sagte er, ich bin nicht in der Lage, dem Spiegel im Badezimmer entgegenzutreten und all dieser Stille, die mich erwartet, dem Bett, das sich über sich selbst geschlossen hat wie eine klebrige Miesmuschel. Und er erinnerte sich an die Flasche mit Branntwein in der Küche und daß er sich ja immer noch, ein Glas in der Hand, auf die Holzbank auf dem Balkon setzen konnte, zuschauen konnte, wie die Gebäude zum Strand hinunterkullerten, ihre Balkons, ihre Bäume, ihre gequälten Gärten mitrissen; manchmal schlief er im Freien ein, den Kopf an den Rolladen gelehnt, während ein Schiff, das die Mündung verließ, hinter seinen müden Augenlidern reiste, und fand so eine Art Ruhe, bis ihn ein Anzeichen von lila, mit Spatzen vermischter Helligkeit weckte und zwang, zur Matratze zu stolpern wie ein schlafwandelndes Kind zu seinem nächtlichen Pipi. Und an der Bank auf dem Balkon klebten hartgewordene Vogelexkremente, die er mit den Nägeln abriß und die nach dem Kreidepulver der Kindheit schmeckten, das er heimlich während der kurzen Abwesenheiten der Köchin, der absoluten Diktatorin dieses Fürstentums der Töpfe, verschlungen hatte.

Es gab wenige Wagen auf der Strecke, und der Psychiater fuhr langsam auf der rechten Spur, dicht am Bürgersteig, seit eines Morgens in der vorangegangenen Woche eine verwirrte Möwe mit einem weichen Federgeräusch gegen die Windschutzscheibe geprallt war und der Arzt gesehen hatte, wie sie, bereits hinter ihm, auf dem Asphalt mit der Agonie ihrer Flügel schlug. Das Auto, das ihm folgte, hatte neben dem Tier gehalten, und er bekam, während er sich entfernte, im Rückspiegel mit, daß der Fahrer ausstieg und sich zu dem deutlichen weißen Häufchen begab, das mit der wachsenden Entfernung immer kleiner wurde. Eine Welle von Schuldgefühlen und Scham, die er nicht erklären konnte (Schuldgefühle weswegen? Scham weshalb?), stieg ihm mit einem Rückfluß von Sodbrennen vom Magen in den Mund, und ihm kam ohne sichtlichen Grund ein gestrenger Satz Tschechows in den Sinn: »den Menschen biete Menschen an, biete dich nicht dir selbst an«; darauf fiel ihm Die Möwe ein und der tiefe Eindruck, den die Lektüre des Stückes auf ihn gemacht hatte, die scheinbar sanften Personen, die in einem scheinbar sanften, amüsanten

Szenarium umherirrten (Tschechow hielt sich ernsthaft für einen Autor von Komödien), das aber voll von einer schrecklichen Lebensangst war, die später vielleicht allein Fitzgerald wiederfand und die hin und wieder aus dem Saxophon Charlie Parkers erklingt, der uns unvermittelt in einem verzweifelten Solo kreuzigt, das alle Unschuld und alles Leid der Welt im durchdringenden Atem einer Note zusammenfaßt. Da dachte der Arzt: Diese Möwe bin ich, und der vor dem Ich flieht, bin ich auch. Und mir fehlt der nötige Mut, um zurückzukehren und mir selber zu helfen.

Auf der unvermittelt hinunter nach Estoril abfallenden Straße, als er an der grauen Masse des alten Forts mit seinem riesigen, scheußlichen Metallfisch vorbeikam, der über den tanzenden Paaren hing (Wie lange bin ich nicht mehr dort gewesen?), sah der Psychiater in Gedanken wieder die leere Wohnung vor sich, den Spiegel im Badezimmer und die Flasche in der Küche neben dem Metallkrug, die einzigen Rettungsringe in der traurigen Stille der Wohnung. Draußen, am Eingang des Gebäudes, raschelten die trockenen Blätter der Eukalyptusbäume, vom hohen Wind behaucht, mit dem Geräusch aufeinanderstoßender künstlicher Zähne. Die Wagen der Mieter, fast alle luxuriös und groß, hatten die Nase gegen die Wand gelehnt wie schmollende Kinder. In seinem Briefkasten gab es, von dem einen oder anderen Prospekt und dem wöchentlichen Propagandablatt der CDS einmal abgesehen, das er eilig, ohne es zu lesen, in den Briefkasten der Vermieter steckte, wobei er emphatisch erklärte, Dem Kaiser, was des Kaisers ist, niemals einen Brief für ihn. Er kam sich wie der Oberst von García Márquez vor, der, von einer unheilbaren Einsamkeit und von den phosphoreszierenden Pilzen der Eingeweide

bewohnt, auf Nachrichten wartete, die niemals kommen würden, und langsam in diesem nutzlosen Warten verfaulte, das
von Maiskörnern vager Versprechungen genährt wurde. Und
so bog er, als die Ampel grün wurde, in einer unvermittelten
Sinnesänderung rechts ab und fuhr zum Casino.

Am oberen Ende einer Art Parque Eduardo VII im Klein-format, der von hämophilischen Palmen gesäumt war, deren Zweige Proteste klemmender Schubladen knarzten, von Ho-tels wie in Filmen von Visconti, in denen Figuren von Hitch-cock wohnten, und von einarmigen, selbsternannten Wächtern für geparkte Wagen, deren Hungeraugen unter den Mützen-schirmen verborgen waren wie gierige, im gerunzelten Netz der Augenbrauen gefangene Vögel, ähnelte das Gebäude des Casinos einem großen, häßlichen, zwischen Villen und Bäumen gekenterten Passagierdampfer, an den die Wellen der Musik der Wonder-Bar schlugen und die Schreie der heiseren Croupiers-möwen und die riesige Stille der Meeresnacht, um die herum ein dichter Geruch nach Kölnischwasser und Pudelinnen-menstruation aufstieg. Die Züge, die von der Station am Ta-mariz nach Lissabon abfuhren, trugen auf ihren leeren Bänken die Verse dieses Dylan Thomas davon, den du so sehr liebtest:

> *In the final direction of the elementary town*
> *I advance for as long as forever is.*

Und der Arzt stellte sich vor, wie er in einem leeren Waggon einnickte, auf der anderen Seite der Scheibe durch Häuser, Mauerstücke und Lichter von Schiffen verdoppelt, im Rhyth-mus der Worte des Dichters, den seine Frau mit ins Bett nahm und mit dem sie einen schweigenden, vollkommenen Dialog führte, der ihn ausschloß:

> *But for the lovers, their arms*
> *Round the griefs of the ages,*
> *Who pay no praise or wages*
> *Nor heed my craft or art.*

Dylan Thomas war der Kerl, auf den ich bis heute am eifersüchtigsten war, dachte der Psychiater, als er seinen Wagen im beschützenden Schatten eines Touristenbusses zurückließ, dessen Fahrer einen hingerissenen Taxichauffeur über die intimen Verdienste von Französinnen in einem gewissen Alter aufklärte, die es schafften, den Koitus gewichtslos und leicht verdaulich zu machen wie ein Spargelsoufflé. Verzweifelt haßte ich Dylan Thomas und die tumultuös überzeugenden Gedichte, mit denen dieser dicke, rotblonde Trinker mit dir in innere Länder reiste, zu denen ich keinen Zugang hatte und die nahe bei den Träumen lagen, von denen mich matte Echos durch die vereinzelten Worte erreichten, die du in der Ekstase einer schiffbrüchigen Nixe kautest. Ich haßte Dylan Thomas, ohne es zu wissen, sagte der Arzt, während er über das feuchte Gras der Nacht auf das Deck des Casinos und seine als majestätische Lakaien maskierte Mannschaft zuging, die mit langsamen Vestalinnengesten Aschenbecher austauschten, ich haßte diesen verstorbenen Rivalen, der aus dem Nebel der Insel des Nordens mit dem Lächeln eines nachdenklichen Korsaren auf den unschuldigen Wangen gekommen war, diesen gälischen Gauner, der die dicken Deiche der Sprache mit Windhosen brach, die voller Glocken und Mähnen waren, dieser Liebhaber aus Gischt, dieses Sommersprossengespenst, diesen Mann, der in einer Whiskyflasche wohnte wie Sammlerschiffe, mit schmerzlicher, aufsässiger Phönixanmut in seiner Alkoholflamme brannte. Caitlin, sagte der Psychiater und wechselte mit dem Portier ein kabbalistisches, vages Chirico-Lächeln, Caitlin, aus New York rufe ich dich under the milk wood in diesem November 1953, in dem ich gestorben bin, während eine Insel in der Landschaft des von der gefräßigen Wut der Albatrosse umringten Kopfes verblaßt, Caitlin, demnächst werde ich zum Tamariz hinuntergehen und einen stromgetriebenen Zug nach Wales nehmen, wo du mich vor einem Tee erwartest, der so traurig ist wie die Farbe deiner Augen, wo du in einem Zimmer sitzt, in dem sich nichts verändert hat, und dich der dicke Rauch eines Pubs beständig von der Eile meiner Küsse trennt. Caitlin, dieses angstvolle Leuchtturmsmuhen ist mein Schrei eines sehnsüchtigen Stiers, der dich sucht, dieses modulierte Pfeifen einer Lokomotive das Liebeslied, zu dem ich fähig bin, dieses Grummeln der Eingeweide ein gerührtes Aufbäumen von Zärtlichkeit, diese Schritte auf der Treppe mein Herz, das auf dich zugeht: Laß uns an den Anfang zurückkehren, das Leben ins reine schreiben, neu beginnen, abends Rommé spielen, Schattenmorellenlikör trinken, den Mülleimer unter Hanswurstgelärme, Nachbarn und Katzen erschreckend, nach draußen bringen, eine Dose Kaviar öffnen und langsam die kleinen Bleikügelchen essen, bis wir, zu Geschossen heimlicher Jäger geworden, das Feuerwerk einer finalen Explosion füreinander losschießen, und das, Caitlin, wird ein wenig unsere Art sein, aufzubrechen.

Im Vorhof des Casinos blubberte eine Reisegruppe von Engländerinnen, die soeben aus einem Bus gestiegen waren, der so prächtig war wie das Wohnzimmer von Clark Gable, mit Fenstern, die durch Bilder von van Eyck ersetzt waren, aus blassen Mündern zurückhaltende Begeisterung. Ein fast aus dem Kummerbund seines weißen Smokings platzender kolonialer Oberst teilte den grauen Schnurrbart zwischen zwei Inderinnen im Sari auf, die rätselhaft wie Kreuzköniginnen waren und über den Fußboden glitten, als verbärgen sie Gummireifen unter den komplizierten Röcken. Durchsichtige Schweden mit Augenringen, die sie der Schlaflosigkeit sechsmonatelanger Tage verdankten, hielten sich an Mexikanern fest, die die Farbe der Oliven aus Elvas hatten und die John Wayne Film für Film mit dem Glücksgefühl eines effizienten Insektenvernichters tötete. Hinfällige polnische Gräfinnen neigten sich einander zu wie zusammengefallene Fragezeichen: Ihr Rouge schwebte um die Falten herum, ohne daran zu haften, Pollen, die senegalesische Insekten anzogen, die große, kugelige Augen hatten und an deren Fingern zig päpstliche Ringe glitzerten. Hin und wieder entwischten schwarzbestrumpfte Schenkel des französischen Balletts oder die über die Maßen aufgerissenen Kiefer des tibetanischen Schwertschluckers aus den Vorhängen des Restaurants wie Dampfstrahlen aus Ritzen zwischen Topf und Deckel. Eine in ein Umschlagtuch gewikkelte Fadosängerin zog sich, ein Glas mit rituellem Gin in beiden Händen, in die tragische Meditation einer Phädra zurück. Fettleibige Gentlemen mit aufgeknöpfter Weste traten entweder, erleichtert aussehend wie jemand, der aus dem Beichtstuhl kommt, aus der Herrentoilette oder schnarchten, wahllos auf die Sofas hingegossen. Hinter den Windschutzscheiben der Maschinen klimperten Hunderte von gefräßigen Sparbüchsen, wölbten das Zuviel an Magen hinter verchromten Lätzchen.

Hier sein, dachte der Arzt, als er an einem Rollstuhl mit einem Herrn ohne Beine darin vorbeikam, ist, wie plötzlich mitten in der Nacht mit dem Gefühl aufzuwachen, daß das Bett im Dunkeln den Ort gewechselt hat und wir uns in einem anderen Land befinden, fern unserer eigenen, vertrauten Gewässer, unter diesem vertikalen, weißen Licht eines Boxrings, das wie eine Entwicklerlösung wirkt, die uns in den Spiegeln zu viele Falten zeigt, plötzlich mitten in der Nacht aufzuwachen und in einen lächerlichen Alptraum einzutauchen, der von einer unruhigen Menge bevölkert wird, die in der grundlosen Erregung den Grund dafür sucht, sich zu erregen: Wie ich, fügte der Psychiater hinzu, der ich in aufeinanderfolgenden Kreisen ohne Zweck und Ziel zugleich fliehe und suche, ein Hund, der keinen Kopf, aber zwei Schwänze hat, die einander verfolgen und sich abstoßen, und der traurig jaulend das melancholische Gebell eines Einsamen von sich gibt. Ich hatte meine geregelte Existenz durch das armselige, nichtige Standfeuerwerk eines delirierenden Buchhalters ersetzt, der fiktive Pappfreuden kreiseln läßt; hatte mein Leben in ein Plastikszenarium verwandelt, die schematische Nachahmung einer Realität, die für die reduzierte Waffensammlung meiner zur Verfügung stehenden Gefühle viel zu komplex und fordernd war. Und daher verzehrte ich mich, der bedeutungslose Pierrot eines mißlungenen Karnevals, schnell in einem Westentaschenflämmchen der Angst.

Der Arzt wechselte zwei Eintausend-Escudo-Scheine in Jetons von je fünfhundert und setzte sich an seinen »Banca Francesa«-Lieblingstisch, der fast leer war, denn das Spiel verlief gerade ohne erkennbare Regelmäßigkeit. Hinter seinem Rücken spürte er die Raserei an den Roulettetischen, deren Langsamkeit ihn ungeduldig machte, diese Croupiers, die unendlich lange Reihen mit Jetons zählten, und dieser Bienenkorb von Setzenden rundherum, die hungrig wie Gottesanbeterinnen zum grünen Tuch gebeugt waren. Der Psychiater bemerkte vor allem eine sehr große, sehr magere Engländerin in einem Kleid mit Spaghettiträgern, das vom Bügel der noch von Sonnencreme glänzenden Schlüsselbeine herunterhing, ihre skelettösen Hände, aus denen Jetons rannen und die sie mit eckigen Kranbewegungen auf die Schultern der anderen legte. Der Würfelwerfer sagte Small an, der Croupier zog die verlierenden Jetons ein und verdoppelte die Anzahl der gewinnenden: Der Arzt sah, wie die Frau, die links neben ihm saß, drei Small hintereinander aufschrieb, dann zwei Big, daher schob er die fünfhundert auf Big und wartete. Erst einmal vorfühlen, sagte er sich, wie bei der Technik meiner Mutter auf dem Markt: Zumindest nützt es mir etwas, daß ich sie so viele Male um Obst habe feilschen sehen. Und er lächelte bei dem Gedanken, was seine Mutter, ein vorsichtiges, zurückhaltendes Wesen, sagen würde, wenn sie ihn dort sähe, wie er Summen riskierte, die sie für exorbitant hielt, spät ins Bett ging, um am nächsten Tag noch später im Krankenhaus anzukommen, wie er schnell auf der abschüssigen Bahn dem sicheren Ruin entgegenrutschte: Tragische Geschichten von Vermögen, die sich im Casino in Luft aufgelöst hatten, machten an Familienabenden, im schaurig hohlen Tonfall von den Barden des Stammes erzählt, die Runde. Tante Mané, die historische Achtzigjährige, deren Lächeln sich im Zickzack den Weg durch vertrocknete Schminke und Cremes bahnte, hatte das Silber des Hauses beim Bakkarat verschwinden lassen und benutzte einen Pfandschein anstelle des Personalausweises.

– Small, sagte der Werfer, setzte den Würfelbecher ab und

verlor sich sofort in geflüsterte Gespräche mit dem Tischchef, wobei sie beide den Kopf sanft geneigt hielten wie die Apostel beim Letzten Abendmahl: Jesus und der heilige Johannes, die die Wonnen des Heiligen Geistes miteinander teilten. Der Croupier nahm den Jeton des Arztes mit dem geschickten Manöver einer Chamäleonzunge weg, die eine vorwitzige Fliege fängt. Die Frau notierte sich sorgfältig Small, sie war dick und blond, schon verbraucht und trug eine Jacke aus synthetischem Pelz über den weichen Schultern: Ihr Profil erinnerte an das von Lavoisier auf dem ovalen Bild des Physikbuches aus der vierten Klasse des Gymnasiums, und sie setzte mit der wütenden Entschlossenheit von jemandem, der beharrlich verliert, zweihundertfünfzig Escudos. Auf der anderen Seite des Tisches warf eine mottenzerfressene Alte in der Hoffnung auf ein Wunder zwanzig trotzige Escudos auf Asse. Zwei Kerle, die wie wohlhabende Bauunternehmer aussahen, zögerten, ein Streichholz zwischen den Zähnen: Das Kaugummi der in Tomar Geborenen, dachte der Psychiater, während er wieder auf Big setzte, Tintenfische in ihrer Tinte, Mercedes Diesel in Braungelb und Vila Mélita an der Fassade. Die Frau mit dem Plastikleoparden setzte nichts. Es kamen eine 12, eine 13, eine 14, eine 12, eine 18: Die Bauunternehmer setzten jeder fünftausend Escudos auf Small. Ein rotblonder Junge erschien im Nacken des Arztes und warf fünfhundert auf Big: Ich bin bereits am Arsch, dachte der Psychiater ohne ersichtlichen Grund, und wenn es nur dieser warnende Druck im Ösophagus ist. Er streckte den Arm zu seinem Geld aus und wollte es gerade wegfischen, als der Werfer das Kinn hob und mit grausamer Gleichgültigkeit Small ansagte. Croupiers und Analytiker, der Teufel soll euch holen.

– Ich sage dir auf Wiedersehen und stolpere wie ein Jüngling vor Zärtlichkeit für dich, murmelte der Arzt dem Jeton zu, den der Croupier ihm abnahm und zu denen legte, die er vor sich aufgestapelt hatte, wenn das so weitergeht, ziehe ich demnächst die Socken aus, um sie auf Asse zu legen, gewinne ein Formel-1-Hemd und bringe mich um, indem ich eine Überdosis Hundert-Escudo-Scheibchen verschlucke. Die dicke Frau machte es sich auf dem Stuhl bequem, und ihr Schenkel berührte den des Arztes, der sich aus Dankbarkeit ihrer Intuition anschloß, daß jetzt Big kommen würde: Er fühlte sich weniger allein, seit eine Falte fremden Fleisches sein Knie drückte. Die Bauunternehmer wechselten zu Small, der rotblonde Junge entfernte sich enttäuscht schimpfend: Es hatte in den Klassen des Liceu Camões immer einen Rotblonden gegeben, einen Rotblonden, einen Dickwanst und einen mit Brille in der ersten Reihe; der Dickwanst war im Turnunterricht der Schlechteste, der mit der Brille der Beste in Geographie und der Rotblonde das bevorzugte Opfer der Lehrer, wenn sie sich für anonyme Streiche rächten: Pinkeln in den Papierkorb, Gebell während der Lektüre der Lusiaden, mit Kreide an die Tafel geschriebene Schimpfworte; am Ende der zweiten Jahreshälfte schulten die ebenfalls rotblonden Eltern ihn in einer dieser wahrscheinlich für Rotblonde reservierten Privatschulen ein, in denen man sich in vollkommener Freiheit gegenseitig pornographische Fotos lieh, athletische Schwarze, die mit Hündinnen Sodomie betrieben, Priester in Soutane, die im Beichtstuhl onanierten, Homosexuelle ohne Kanten, die sich unscharfen Orgien hingaben. Die dicke Frau lächelte ihn an: Ihr fehlte ein Vorderzahn, und sie hatte die blassen Gaumen eines Vasco da Gama am vierzigsten Tag einer Vitaminmangelkrankheit.

– Big, sagte der Werfer an, der respektvoll über irgendeinen Witz des Tischchefs lachte.

Eigenartig, wie die Witze der Vorgesetzten immer Humor besitzen, stellte der Arzt fest, indem er den überraschten Satz eines seiner Brüder wiederholte, den Speichelleckerei wie ein unverständliches Phänomen verblüffte: Der Croupier beugte sich zum Werfer, der ihm den Witz des Chefs wiederholte, der ernst mit einem feierlichen Lächeln nickte, während er die Hemdkragenspitzen zurechtrückte:

– Ist doch so, Meireles, oder etwa nicht?

Meireles, der einem Buckligen Jetons eintauschte, hob, ohne von der Arbeit aufzusehen, die Augenbrauen mit dieser verstehenden Grimasse, mit der die Tanten des Psychiaters, während sie die Maschen der Strickarbeit zählten, auf die Fragen der Neffen antworteten. Kann es sein, daß ich erwachsen geworden bin, daß ich wirklich erwachsen geworden bin, fragte sich der Psychiater, während er mit dem Knie den Druck der Hüfte der Frau mit dem Plastikleoparden beantwortete, die ihn von der Seite mit langsamem, wissendem Blick ansah, bin ich wirklich erwachsen geworden, oder bin ich immer noch der kleine Junge, der zwischen riesigen Erwachsenen hockt, die mich anklagen, mich schweigend voll entsetzlicher Feindseligkeit anstarren oder hinter zwei Fingern ihr resigniertes Mißfallen hüsteln? Gebt mir Zeit, bat er diesen Kreis von Osterinselgötzen, die ihn mit einer grausam enttäuschten Liebe verfolgten, gebt mir Zeit, und ich werde genau so sein, wie ihr es wollt, ehrlich, bescheiden, konsequent, erwachsen, hilfsbereit, sympathisch, ausgestopft, ein Stück weit ehrgeizig, auf finstere Weise fröhlich, düster, nicht mehr naiv und definitiv tot, gebt mir Zeit, give me time

Only give me time,
* time to recall them*
*   before I shall speak out.*
give me time,
* time.*
When I was a boy
* I kept a book*
*   to which, from time*
to time,
* I added pressed flowers*
*   until, after a time,*
I had a good collection.

But the sea
* which no one tends*
*   is also a garden*
* when the sun strikes it*
*   and the waves*
*   are wakened.*

I have seen it
* and so have you*
*   when it puts all flowers*
to shame.

– Zeit, wiederholte der Arzt, ich brauche unbedingt Zeit, um mich mit Mut zu bekleiden, alle meine Gestern in das Fotoalbum zu kleben (»Who'd think to find you in a photograph, perfectly quiet in the arrested chaff«), die Züge meines Gesichts zu ordnen, die Position der Nase im Spiegel nachzuprüfen und mit der festen Entschlossenheit eines Siegers dem beginnenden Tag entgegenzuschreiten. Zeit, um am Ausgang des Ministeriums auf dich zu warten, mit dir die Treppe hinaufzugehen, den Schlüssel ins Schloß zu stecken, dich umarmend, ohne das Licht anzuschalten, zum Bett zu stolpern, das vage von den phosphoreszierenden Zeigern des elektrischen Weckers beleuchtet ist, verwirrt von dem Zuviel an Kleidern und den Schluchzern der Zärtlichkeit, das Braille der Leidenschaft neu zu erlernen. Die dicke Frau legte ihm die ellenlangen dunkelroten Fingernägel auf den Arm: Ihr Handgelenk, das haargenau dem einer vertrockneten Eidechse glich, war mit einem Armband aus Doublé-Filigran geschmückt, mit einem riesigen Medaillon Unserer Heiligen Jungfrau von Fátima daran, die gegen ein Amulett aus Elfenbein klimperte, und der Psychiater fühlte sich bereit, von einem Reptil aus dem Tertiär verschlungen zu werden, an dessen Kiefern das Blut des Lippenstifts deutlich monströse Mörderabsichten enthüllte. Die Augen des Dinosauriers fixierten ihn mit der falschen Intensität von Wimperntusche unter Augenbrauen, die bis auf die Breite einer Zirkelkurve gezupft waren, und ihre Brust hob und senkte sich im Kiemenrhythmus, was ihre vielen Ketten wie vor Anker liegende Schiffe schaukeln ließ.

Die Finger kletterten spinnengleich am Ärmel des Arztes hoch, zwickten leicht seinen Daumen, während ihr Schenkel seinen ganz absorbierte und ein angespitzter Absatz seinen Fuß drückte, ihm mit einer boshaften Liebkosung die Ferse abriß. Der links sitzende Bucklige lutschte laut an Halstabletten und verbreitete in der Luft das Aroma von Inhalationen für Asthmatiker: Wenn ich die Augen eine Sekunde lang zukneifen würde, könnte ich mich mühelos im Zimmer von Marcel

Proust wähnen, der sich hinter dem Stapel der Hefte der Manuskripte von Auf der Suche nach der verlorenen Zeit versteckt: C'est trop bête, sagte er immer über das, was er schrieb, je ne peux pas continuer, c'est trop bête. Lieber Onkel Proust: die Tapete, der Kamin, das Eisenbett, dein schwieriger, mutiger Tod: Tatsächlich aber befand ich mich an einem Spieltisch im Casino, und die Einsamkeit zerfraß mich von innen wie eine schmerzhafte Säure: Der Gedanke an die leere Wohnung erschreckte mich, die Lösung, wieder auf dem Balkon zu schlafen, ließ mich vor vorweggenommener Hexenschüsse jammern. Die Seele in Panik, warf ich den letzten Jeton auf Big: Wenn ich gewinne, fahre ich sofort nach Monte Estoril, schlüpfe zwischen die Bettücher, onaniere und denke dabei an dich, bis der Schlaf kommt (ein relativ erfolgreiches Rezept); wenn ich verliere, lade ich diese alte Boa zu einer bescheidenen Orgie ein, die zu ihrer Plastikjacke und meinen abgewetzten Jeans und zum beschwerlichen Monatsende paßt: Ich wußte wirklich nicht, welche von beiden Katastrophen ich wählen sollte, schwankte mit gleichem Schrecken zwischen Einsamkeit und Schlange. Eine üppige Spanierin streifte ihn mit dem herrlichen Hintern, dem für glücklichere Köpfe bestickten Kissen: Die Zeit der mageren Kühe würde zweifellos sein ewiges Schicksal sein, und er fügte sich mit Rinderresignation darein: Eine Parkbank wartete irgendwo auf sein melancholisch untätiges Alter, und es konnte durchaus sein, daß ihm sein jüngster Bruder mittwochs in seiner Wohnung ein Abendessen geben, zum Braten Ratschläge und Tadel servieren würde.

– Mutter hat immer gesagt, du würdest nie zur Vernunft kommen.

Und wahrscheinlich würde er weder jemals zur Vernunft

kommen noch (was noch schwerwiegender war) jemals die Art von Glückseligkeit erreichen, die das Fehlen derselben mit sich bringt, dieses merkwürdigen Ballasts, ohne den man zu den angenehmen Gipfeln einer vergnügten Verrücktheit fliegt, ohne Ärger, ohne Sorgen, ohne Pläne, den Launen einer als Seelenzustand, als Berufung oder Schicksal gelebten Jugend folgend.

– Mutter hat immer gesagt.

Mutter hat immer alles gesagt. Und mir schien der Tischchef allmählich ihre prophetische Art, die verletzten Augen, die gerunzelte Stirn, die brennende Zigarette zu übernehmen, die am Ende des Arms Ellipsen des Verzichts kräuselte:

– Was kann man von diesem Jungen schon erwarten?

Nichts, bestätigte er laut mit einer Wut, die den Buckligen genau in dem Augenblick aufschrecken ließ, in dem der Werfer den Würfelbecher abstellte, das Kinn hob, um sich blickte, die Fliege am Hals strammzog und erklärte:

– Small

und damit, ohne es zu wissen, ein endgültiges Urteil verkündete.

– Und Sie sind wirklich Arzt? fragte ihn das Reptil und schaute dabei mißtrauisch auf seine abgewetzten Jeans, den abgetragenen Pullover und die nachlässig wirren Haare. Sie saßen beide im kleinen Auto des Psychiaters (»Ich weiß nicht, ob ich da reinpasse«), neben dem eindrucksvollen Touristenbus, der seine Ladung alter Amerikanerinnen im Abendkleid zurückbekam, die ihre Brillen an Silberketten um den Hals gehängt hatten wie Babyschnuller und von rotgesichtigen Kerlen begleitet waren, die aussahen wie Hemingway auf seinen letzten Fotos.

– Ich bin normalerweise nicht mißtrauisch, aber man kann ja nie wissen, fügte sie hinzu, während sie mit Polizeiblick den Dienstausweis studierte, den er ihr hinstreckte, und ich bin für meinen Teil schon genug reingelegt worden. Man glaubt und glaubt, und plötzlich: Gib mal die Handtasche rüber, meine Hübsche, und zack steht man auf der Straße und guckt in den Mond. Entschuldigen Sie, das betrifft nicht Sie, der Gerechte zahlt für den Sünder, sagen die Priester doch immer, und man kann nie vorsichtig genug sein. Ich habe einen Cousin von der Seite meines Vaters, der ist Krankenpfleger im São José, auf Station eins, Carregosa, kennen Sie den? Klein, kräftig, glatzköpfig, stottert etwas und ist verrückt, was den Atlético betrifft? Er trägt das Abzeichen auf dem Kittel, er hat bei den Junioren gespielt, seine Frau ist gelähmt, er sagt ständig, ver-

dammte Kiste, verdammte Kiste? Sie müssen mich schon entschuldigen, aber der Mendes hat immer gesagt: Dóri (ich heiße
Dóri), paß bloß mit Fremden auf, Vorsicht ist besser als Nach-
sicht, das habe ich auch von einer Frau gehört, die sich im
Krebsinstitut die Brüste hat wegnehmen lassen, früher hat sie
Laufmaschen aufgenommen, jetzt bekommt sie Infusionsbal-
lons, der geht es fast so schlecht wie dem Mendes, dem Armen,
der mußte nach der Revolution nach Brasilien auswandern,
war nichts zu machen, er hat mir einen lieben Brief zurückgelassen, in dem er mir verspricht, mich nachzuholen, und daß
er nie jemanden so geliebt hat wie mich, es dauert ja nur ein
paar Monate, bis er sein Leben auf die Reihe gebracht hat, und
Mulattinnen, die guckt er gar nicht an, die riechen nämlich
schlecht. Noch ein paar Monate, und dann nehme ich die Boeing
nach Rio de Janeiro, er ist Doktor der Finanzen und Wirt-
schaften und wird keine Ruhe geben, bis er eine Anstellung
hat, ich habe nämlich noch nie jemanden gesehen, der so kompetent ist wie der Mendes, er arbeitet wie ein Hund, der Gute,
obwohl er schwach auf der Lunge ist, aber das ist es nicht
allein, da sind seine Höflichkeit, sein Benehmen, die Art, wie
er eine Frau behandelt, er errät, was wir wollen, er hat mich nie
geschlagen, fast jede Woche gab es Blumen, gab es Schmuck,
gab es Abendessen im Comodoro, gab es Kino. Ich habe natürlich zu ihm gesagt, soviel Luxus muß doch nicht sein, mein
Schatz, aber der Mendes wußte, daß ich nichts lieber wollte, er
kümmerte sich nicht darum, er war ein wahrer Heiliger, ich
sehe ihn vor mir, mit seinen richtig schön gepflegten Kotelet-
ten (ich habe ihm zu Weihnachten einen Filischeew geschenkt),
das Hemd mit der schwarzen Rose makellos, der Lack auf den
Nägeln glänzend.

Pause.

– Warum tragen Sie eigentlich keine Krawatte aus Naturseide, ein Pepitasakko, Brillcreme auf dem Kopf? Mir ist noch nie ein so schlecht zurechtgemachter, nach Automechaniker aussehender Arzt untergekommen, die Doktoren sollten was darstellen, nicht wahr, wer wird sich denn von so einem bärtigen Psychiater-Popen behandeln lassen? Wenn ich zum Kassenarzt gehe, verlange ich Respekt, Seriosität, man sieht doch den Leuten gleich am Gesicht an, ob sie kompetent sind oder nicht, findest du nicht auch, die richtigen Spezialisten tragen eine Weste, haben silbrige Beemmwees, Häuser mit Lüstern, goldene Wasserhähne, die Fische sind, aus denen Wasser fließt, man kommt bei denen rein und bemerkt gleich das Geld, die Stilmöbel, was macht man heutzutage bloß ohne Geld, nun sag schon, ohne Geld fühle ich mich sterbenselend, das ist mein Benzin, weißt du, wenn man mir meine Krokodilhandtasche wegnimmt, bin ich vollkommen verloren, ich bin Luxus gewöhnt, das ist nun mal so, vielleicht glaubst du mir nicht, aber mein Vater war Veterinärprofessor in Lamego.

Sie zog eine geschmuggelte Camel aus einer gruseligen, Kaiman imitierenden Papptasche, steckte sie mit einem Feuerzeug aus Bakelit an, das Schildpatt nachahmte. Der Psychiater bemerkte, daß ihre Schuhe mit unglaublich hohen Hacken eine halbe Besohlung brauchten und daß große Falten, denen Schuhcreme fehlte, das Leder auf dem Spann furchten: Schlußverkauf von der Praça do Chile war seine Diagnose. Die Wurzeln der blonden Haarsträhnen wuchsen am Scheitel grau nach, und der Puder versuchte vergebens, die tiefen Runzeln um die Augen und an den weichen Wangen zu verbergen, die in schlaffen Fleischvorhängen vom Kinn herabhingen. Sie hatte bestimmt die Fotos der Enkel im Portemonnaie dabei (Andreia Milena, Paulo Alexandre, Sónia Filipa).

– Nächste Woche werde ich fünfunddreißig, erklärte sie frech. Wenn du mir versprichst, einen Smoking anzuziehen, und mich zum Abendessen in ein anständiges Restaurant mitnimmst, das so weit wie möglich vom Caracóis da Esperança entfernt liegt, lade ich dich ein; seit der Mendes weg ist, habe ich eine leere Stelle im Herzen.

Und, indem sie meine Schulter tätschelte:

– Ich bin ein sehr gefühlvoller Mensch, verdammt, ich kann nicht ohne Liebe leben. Du verdienst sicher nicht schlecht, oder, die Ärzte nehmen's doch von den Lebendigen, wenn du dich zurechtmachen, dich kämmen, dir an der Avenida de Roma einen netten Anzug kaufen würdest, könntest du durchaus gut aussehen, obwohl das alles, das Geld, das Aussehen, für mich völlig unwichtig ist, mich interessieren die Gefühle, die Schönheit der Seele, nicht wahr? Ein Mann muß mich nur gut behandeln, mich sonntags nach Sintra ausführen, und schon bin ich glücklich wie ein Kanarienvogel. Ich bin nämlich sehr fröhlich, weißt du, sehr ruhig, sehr häuslich. Ich gehöre zur Sorte Liebe und eine Hütte, mein Schaumbad, meine Beinenthaarung, Anschreiben in der Pastelaria, mehr verlange ich nicht. Hast du mal zweihundert Escudos, die du mir für ein Taxi leihen kannst, denn Züge, was mich betrifft, große Güte, du hast bestimmt zweihundert Escudos, du wirst gut verdienen, bist ein Gentleman, ich kann diese Esel nicht ausstehen, die keine Gentlemen sind, diese Gauner, die ständig Scheiße, fick deine Mutter im Munde führen. Entschuldige, daß ich so rede, aber ich bin geradeheraus, bin nicht blöd, weiß, was ich sage, ich meine es nur gut, und außerdem finde ich dich nett, ich kann dir viel Vergnügen schenken, wenn du mich magst, mich verstehst, mir die Miete bezahlst, ich möchte mich um jemanden kümmern, jemanden haben, der mich ins Kino, ins Café mitnimmt, mir die Miete bezahlt, mich anständig behandelt, meinen Basset mag, mich akzeptiert. Wir beide, du und ich, wir könnten glücklich sein, findest du nicht, wann läßt du nun endlich die zwanzig Piepen rüberwachsen? Hast du Angst, daß das nur Gerede ist? Mein Junge, Leidenschaft, das ist was auf den ersten Blick, da hilft nichts, du gefällst mir, laß mich die Brille aufsetzen, damit ich dich besser sehen, dich noch mehr lieben kann.

Sie holte erst ein Etui heraus, stopfte es wieder tief in die Tasche (»Mist, das sind die für die Ferne«) und zog aus einem Durcheinander von Papiertaschentüchern, Straßenbahnkarten und zerknüllten Dokumenten ein Paar Brillengläser heraus, die so dick wie ein Kaleidoskop waren, hinter dem die Pupillen, im Glas aufgelöst, verschwanden: Der Psychiater fühlte sich von einem Mikroskop minderer Qualität betrachtet.

– Meine Güte, bist du jung, riefen die verblüfften Dioptrien aus, du bist ja so alt wie ich, dreiunddreißig, höchstens vierunddreißig, nicht wahr? Ich würde um ein halbes Pfund Entenmuscheln wetten, da irre ich mich nie, wenn das mit dem Fußballtoto auch so wäre, hätte ich schon vor einer Scheißewigkeit eine Boutique am Areeiro aufgemacht, der Mendes hat mir bei den Knochen seines Bruders, der schon unter der Erde liegt, geschworen, mir eine in Penha de França einzurichten, und dann mußten die Kommunisten kommen und uns alles wegnehmen, das alles hier einsacken, und das Projekt ist den Bach runter, aber wenn du glaubst, ich hätte es aufgegeben, dann täuschst du dich mehr als ein Ehemann, denn die

Dóri ist beinhart beharrlich, wenn es um Liebe und Geschäfte geht, bin ich ein scharfer Hund, lasse ich nicht locker, habe ich spitze Zähne. Wo wir gerade dabei sind, wieviel hast du so auf der Bank, nicht über Hunderttausend, na, gesteh es der Dóri, wenn du willst, könnten wir gemeinsam einen Friseurladen aufmachen, Salon Dóri, das würde sich gut machen, findest du nicht, Leuchtbuchstaben draußen, alles dezent, reiche Kunden, handverlesene Angestellte, Hintergrundmusik, Samtstühle, so wie im Kino, ich würde an der Kasse sitzen, denn das Geschäft ist meine starke Seite, ich war zehn Jahre bei der Kurzwaren-händlerin vom Mendes, und die Havaneza de Arroios hat durch mich nie einen Verlust erlitten, sie hat dichtgemacht, weil sie dichtmachen mußte, die Geschäfte verbrauchen sich, verstehst du, das ist wie mit dem Pimmel bei den Männern, deiner muß auch ganz schön abgenutzt sein, du Schlimmer, aber Dóri bringt das wieder in Ordnung, man muß nur auf einer Saite Gitarre spielen können, und dann haben die Lieferanten der Havaneza wie die Raben geklaut, und ich bin zufällig Leal begegnet, ei-nem, der im Radio singt, den kennst du bestimmt, er stand kurz davor, ins Fernsehen zu kommen, er hat mir ein paar schöne Lieder gewidmet, von der romantischen Sorte, ich habe sogar geweint, stellt dir vor, ein Bild von einem Mann, gutaus-sehend, aber nicht übertrieben, er wurde sogar eingeladen, bei einem Fotoroman in der Crónica mitzumachen, die Geschichte eines Ingenieurs, der der Sohn einer Gräfin ist und das Dienst-mädchen der Mutter liebt, die eigentlich die Enkelin eines Marquis ist, es aber nicht weiß, der Marquis lebt in Campo de Ourique in einem Rollstuhl, und ich habe auf ihn eingeredet, du, Leal, nimm das an, nimm den Job an, denn du bist pleite und siehst wie ein Ingenieur aus, aber der Junge hatte seinen

Stolz und war deshalb sauer, wenn es um einen Film gehen würde, antwortete er mir, wenn es um einen Film gehen würde, würde ich es mir überlegen, solange sie mich die Siesta machen lassen, ein indischer Film, er hatte diese Manie mit den indischen Filmen, wer ihn sehen wollte, brauchte nur am Ausgang vom Aviz nach ihm zu suchen, er sah Arturo de Cordoba ähnlich und Tony de Matos, dieselbe Stimme, dieselben ordentlich gekämmten Locken, die Taille so schmal, er trainierte immer dienstags und donnerstags im Ateneu mit Gewichten und Hanteln, in Caxias und am Strand haben ihn die kleinen Mädchen nur so angehimmelt, Mendes hat die Sache hingenommen, er kannte mein Temperament und verzieh mir, der Leal hat die Besitzerin eines Juweliergeschäfts geheiratet, eine durchtriebene Zicke, die nicht mal Titten hatte, die Witwe eines Seemanns, der beim Schmuggel mit Radios abgesahnt hat, wahrscheinlich hat der die Möse seiner Frau von Haus zu Haus angeboten, ich war einen Monat auf Schlaftabletten, hab nur geseufzt, hab sogar das Gefallen an der Fernsehserie verloren, Mendes kochte mir Lindenblütentee, der Gute, gab mir gute Ratschläge, weißt du, Dóri, wenn der Herzarzt es mir erlaubt, gehe ich ins Ateneu-Studio, er hatte Angina pectoris, der Arme, er kam kaum die Treppe rauf, hat sofort gekeucht, ich weiß gar nicht, wie häufig er das Haus nicht verlassen konnte, Dóri, laß nur, dein Riquinho wartet hier auf dich, der Mendes hieß Reinaldo, Reinaldo da Conceição Mendes, aber ich nannte ihn Riquinho, das mochte er so gern, bei all dem Unglück habe ich fünf Kilo abgenommen, verflucht, wenn ich diese Drecksau in die Finger kriege, würde ich ihr die Fresse polieren, dieser Schlampe, dieser Nutte, diesen Oktober ist sie an einem segensreichen Schlaganfall draufgegangen, ich habe eine Dankesmesse im Beato bezahlt, und meine Muschi wird für den Rest meines Lebens jubilieren, der Priester leierte am Altar sein Latein herunter, und ich sagte auf Knien, du hast keine Ahnung, warum du betest, du Heini, hoch lebe der Benfica, die, die mich in den Arsch gefickt hat, gibt es nicht mehr.

Der Arzt erreichte die Uferstraße und kehrte nach Monte Estoril zurück: Am Fuß des Hügels gab es einen Nachtclub, in dem er nicht allzu große Gefahr lief, über jemanden zu stolpern, der ihn kannte: Er schämte sich, in Begleitung dieser zu lauten Frau gesehen zu werden, die mindestens doppelt so alt war wie er und mit einer so absurden, zugleich lächerlichen und rührenden Inszenierung gegen den Verfall und das Elend ankämpfte, daß er sich für ihre Scham schämte: Im Grunde waren sie gar nicht so unterschiedlich, in gewisser Weise waren ihre heftigen Kämpfe ganz ähnlich: Sie flohen beide vor der gleichen, unerträglichen Einsamkeit, und beide gaben sich, weil ihnen die Mittel und der Mut fehlten, kampflos der Angst vor dem Morgengrauen hin wie niedergeschlagene Käuzchen. Der Arzt erinnerte sich an einen Satz von Scott Fitzgerald, diesem angstvollen Seemann des Schiffes, auf dem sie fuhren, der bei einer vorangegangenen Reise an Land, das erschöpfte Herz vom bitteren Sauerstoff des Alkohols genährt, zurückgelassen worden war: In der dunkelsten Nacht der Seele ist es immer drei Uhr morgens. Er streckte die Hand aus und liebkoste den Nacken des Dinosauriers mit ehrlicher Zärtlichkeit: Sei mir gegrüßt, meine Alte, laß uns gemeinsam diese Dunkelheit durchqueren, denn einen Ausgang gibt es nur am Grund, wie uns Pavia gesagt hat, bevor er seinen Zug umarmte, einen Ausgang gibt es nur am Grund, und vielleicht gelangen wir, wenn wir uns gegenseitig stützen, dorthin, tastende Blinde von Breughel, du und ich, durch diesen Korridor voller Kinderängste und Wölfe, die die Schlaflosigkeit mit Drohungen bevölkern.

– Na, na, rief Dóri mit einem triumphierenden Lächeln aus, ein ganz Dreister, was?

Und drückte mir die Testikel mit Nußknackerfingergelenken, bis ich vor Schmerz schrie.

Der Nachtclub mußte am Ende seiner Reise durch diese Nacht angelangt sein: Die einzigen Bewohner außer dem schielenden Kellner, der uns mit ganz offensichtlich mangelnder Kinderstube einen Gin und einen Plastikteller mit Popcorn servierte, und dem Mädchen von den Schallplatten, das in ihrem Schallkäfig Donald Duck las, eine wie ein Fötus in sich selbst gekauerte Musikautomatenfigur, waren zwei schläfrige Männer, die am Tresen lehnten, die Pferdenasen in Tresterschnapsraufen versenkt, und die Frau aus dem Tertiär, die vor mir die riesigen Hüften schwenkte, mit jener zerstreuten Aufmerksamkeit betrachteten, die man einer uninteressanten Ruine widmet. Die Lichter an der Decke, die lasch im Tangotakt pulsierten, beleuchteten die ärmliche Bühne meiner Hinrichtung: Eisenstühle wie aus einem Straßencafé, ein abgestellter Fernseher auf einem hoch oben angebrachten Brett, Lupinenkernschalen und runde Gläserspuren auf den Tischplatten: Er starb im Elend, hieß es in den Lesebüchern über die verstorbenen Poeten, spindeldürre, in nachdenklichen Posen innehaltende Bärtige, die wahrscheinlich überlegten, was sie als nächstes in Angriff nehmen würden, oder in ihrem Kopf preziöse Alexandriner fabrizierten. Dóri, die mit dem Nahen des Morgens zu einer von den festen Eheversprechungen eines Cousins, der Soldat war, vergoldeten Jugend als Dienstmädchen zurückkehrte, bestellte ein Schmalzbrot mit Schinkenwurst, von dem sie dem Arzt in einem Anfall unvermittelter Höflichkeit den ersten Bissen anbot: Sie kaute mit offenem Mund wie ein Zementmischer, und sie tanzten, wobei sie zärtlich Kantenstückchen austauschten (»Lieba Papa, du biss so dünn«) wie Schiffbrüchige, die brüderlich die Ration auf dem Floß verteilen. Der Schielende stieß die Tresterschnapspferde mit dem Ellenbogen an, und alle drei schauten sie in reglosem Staunen an, sprachlos ob des unglaublichen Bildes eines gealterten Jünglings am Busen eines Wals aus dem Paläolithikum mit großer gekräuselter Mähne. Scheiß drauf, dachte der Arzt niedergeschlagen, während er das Parfüm einsog, das Gas aus dem Ersten Weltkrieg ähnelte und sich in tödlichen Wolken vom Nacken der Frau löste, was würde ich tun, wenn ich an meiner Stelle wäre?

Es ist fünf Uhr morgens, und ich schwöre dir, daß du mir nicht fehlst. Dóri schläft drinnen im Zimmer, den Bauch nach oben, die ausgebreiteten Arme auf dem Bettuch gekreuzigt, und ihr vom Gaumen gelöstes Gebiß bewegt sich im Rhythmus des Atems mit einem feuchten Saugnapfgeräusch vor und zurück. Wir haben beide den Branntwein aus dem Blechkrug aus der Küche getrunken, nackt auf dem Bett sitzend, das unbewohnbar gemacht worden war vom Kriegsgas, welches sogar die auf den Kopfkissenbezug gedruckten Blumen verbrannt hatte, ich habe ihre wortreichen Geständnisse angehört, habe ihr wirres Weinen getrocknet, das meinen Ellenbogen mit einem Wimperntuschebaum tätowiert hat, habe ihr die Decke bis zum Hals hochgezogen wie ein barmherziges Leichentuch über einen zerstörten Körper und bin auf den Balkon gegangen, um die angetrockneten Vogelexkremente abzukratzen. Es ist kalt, die Häuser und die Bäume wachsen langsam aus der Dunkelheit hervor, das Meer ist ein ständig heller und erkennbarer werdendes Tuch, aber ich denke nicht an dich. Ehrenwort, ich denke nicht an dich. Ich fühle mich wohl, fröhlich, frei, zufrieden, höre den letzten Zug dort unten, erahne die aufwachenden Möwen, atme den Frieden der Stadt in der Ferne, entfalte mich in einem glücklichen Lächeln und habe Lust zu singen. Wenn ich ein Telefon hätte und du würdest mich jetzt anrufen, müßtest du den Hörer vorsichtig horchend ans Ohr legen wie eine Meeresschnecke: Durch ihr Bakelitgewinde würdest du aus kilometerweiter Entfernung von diesem über dem Ende der Nacht hängenden Balkon mit dem Echo meines Schweigens, dem siegreichen Echo meines Schweigens, auch das gedämpfte Klavierspiel der Wellen empfangen. Morgen werde ich ein neues Leben beginnen, ich werde der zuverlässige, verantwortungsvolle Erwachsene sein, den meine Mutter sich wünscht und meine Familie erwartet, ich werde rechtzeitig auf der Station ankommen, pünktlich und ernst, werde mir das Haar kämmen, um die Patienten zu beruhigen, werde scharfe Obszönitäten aus meinem Wortschatz jäten. Vielleicht werde ich sogar einen Wandteppich mit Tigern kaufen, meine Liebste, einen wie den von Senhor Ferreira: Du magst das idiotisch finden, aber ich brauche etwas, das mir hilft zu existieren.

Anmerkungen der Übersetzerin

ALEIXO, ANTÓNIO (1899–1949), portugiesischer Dichter.

ALJUBARROTA: Schlacht im gleichnamigen Ort, in der die Portugiesen am 14.8.1385 die dreimal so starke Armee der Spanier besiegten und damit die Unabhängigkeit Portugals besiegelten.

ANDRESEN, SOPHIA DE MELLO BREYNER (1919–2004), von vielen als die bedeutendste portugiesische Dichterin betrachtet.

BANDARRA, GONÇALO ANES (1500?–1556), der Schuster von Trancoso, Dichter und Prophet.

BLONDIN, ANTOINE (1922–1991), französischer Schriftsteller.

BOCAGE, MANUEL MARIA BARBOSA DU (1765–1805), wichtiger portugiesischer Dichter zwischen Klassik und Frühromantik, dessen Werk u. a. über 300 Sonette enthält.

CAMÕES, LÚIS DE (1524–1580), Portugals größter Dichter, Verfasser des Nationalepos »Die Lusiaden«.

CARBONARIER: Ursprünglich Mitglieder einer Geheimgesellschaft, die in der zweiten Hälfte des 19. Jahrhunderts für die

Einheit Italiens kämpfte; eines ihrer bekanntesten Mitglieder war Guiseppe Garibaldi. Sie hießen so, weil sie sich in aufgegebenen Kohlebergwerken trafen. Die »Carbonária Portuguesa« hat die Revolution organisiert, die 1910 zur Einführung der Republik in Portugal geführt hat.

CATITINHA: Stadtbekannter Irrer aus der Kindheit des Autors.

CHIADO (ANTÓNIO RIBEIRO), Dichter des 16. Jahrhunderts, Verfasser von Versen und Theaterstücken. Seine Statue auf der Rua do Chiado, von der, dem Vernehmen nach, sein Spitzname »Chiado« stammt, weil er dort lebte und dichtete, stellt ihn auf seinem Bronzestuhl sitzend dar.

DANTAS, JÚLIO (1876–1962), war ursprünglich Arzt, widmete sich später dem Journalismus und der Literatur. Schon zu Lebzeiten als rückwärts gewandt empfunden. Nach seinem Tod geriet er in Vergessenheit. Hier wohl Anspielung auf sein Werk »A Ceia dos Cardeais« (Das Abendmahl der Kardinäle).

DONA MARIA: Auf der 1967/68 in Umlauf gebrachten portugiesischen Tausend-Escudo-Note war Königin Maria II. von Portugal abgebildet, die von 1834–1853 regierte.

GOMES LEAL, ANTÓNIO DUARTE (1848–1921), ursprünglich ultra-romantischer portugiesischer Dichter, dessen späteres Werk vom Parnaß und von Baudelaire beeinflußt ist.

JOSÉ MATIAS: Anspielung auf den unglücklich in Elisa Miranda verliebten Dichter José Matias aus der gleichnamigen

Erzählung des portugiesischen Schriftstellers José Maria Eça de Queiroz (1845–1910).

LEGIÃO PORTUGUESA: Ende der 20er Jahre gegründete paramilitärische Organisation des Salazarregimes.

LOBATO, GÉRVASIO (1850–1895), Dramatiker, dessen Komödien im späten 19. und frühen 20. Jahrhundert sehr populär waren.

LOPES, FERNÃO (1380–1460), Autor der »Crónica de D. João I.«, gilt als Vater der portugiesischen Geschichtsschreibung.

MANIQUE, PINA (1733–1805), Generalintendant der Polizei unter dem Marques de Pombal, der für seine Strenge berühmt war.

MOLERO: Hauptfigur des 1977 erschienenen Romans »O que diz Molero« (Was Molero sagt) von Dinis Machado (1930).

OLIVEIRA, FERNANDO CORREIA DE (1921), portugiesischer Komponist.

PEDRO UND INÊS: Die großen Liebenden der portugiesischen Geschichte, König Pedro I. und Inês de Castro. Sie liegen in ihren Sarkophagen in der Kirche von Alcobaça so, daß sie einander ansehen, wenn sie am Jüngsten Tag auferstehen.

PINTO, FERNÃO MENDES (1510?–1583), Abenteurer und Schriftsteller, der seine über zwanzig Jahre dauernde Reise durch den Orient, über Äthiopien bis nach Japan, in dem Buch »Peregrinação« (Merkwürdige Reisen im fernsten Asien – 1537–1558) niederschrieb. Seine Schilderungen wurden auch als Lügenmärchen bezeichnet.

QUENTAL, ANTERO DE (1842–1891), portugiesischer, zur Gruppe der »Generation von Coimbra« gehörender Dichter, die sich um 1860 gegen den Romantizismus wandte.

SARDINHA, ANTÓNIO MARIA DE SOUSA (1887–1925), portugiesischer Dichter und Politiker.

SILVA: Portugiesischer Nachname, so häufig wie hier Maier oder Schulz.

SOUSA, FREI LUÍS DE (1556–1632), religiöser Name von Manuel de Sousa Coutinho, war Ritter des Malteserordens. Während seiner Gefangenschaft in Algier lernte er im Gefängnis Miguel de Cervantes kennen. Nach seiner Freilassung im Jahre 1577 kehrte er nach Portugal zurück, diente dann zwei Jahre lang Philip II. von Spanien und heiratete nach seiner Rückkehr nach Portugal D. Madalena de Vilhena, die Witwe von D. João de Portugal. Er übernahm verschiedene Ämter, trennte sich nach dem Tode seiner Tochter D. Ana de Noronha von seiner Frau, trat in den Dominikanerorden ein und widmete sich nur noch dem Schreiben.

SOUSA MARTINS, JOSÉ THOMAS DE (1843–1897), berühmter portugiesischer Arzt und Pharmazeut, dessen im Campo dos Mártires da Pátria errichtetem Standbild Wunderheilungen nachgesagt werden und der vom Volk fast wie ein Heiliger verehrt wird.

Stuart Carvalhais, José (1886–1961), gilt als der Begründer des portugiesischen Comics für Kinder. Er schuf die Figuren »Quim« und »Manecas«. Ihre Abenteuer erschienen von 1915 bis 1953 in verschiedenen Zeitungen.

Tellado, Corin (1927), spanische Schriftstellerin, die – wie Barbara Cartland – erfolgreich romantische Liebesromane geschrieben hat. 5000 an der Zahl – und viermillionenmal verkauft. Von der UNESCO zur am meisten gelesenen Schriftstellerin spanischer Sprache erklärt (vor ihr kommen die Bibel und Cervantes).

Verde, Cesário (1855–1886), revolutionierte die portugiesische Dichtkunst durch Sprach- und Stilmischung und den kühnen Gebrauch von Adjektiven.

Vetter Basílio: Hauptfigur des gleichnamigen Romans von Eça de Queiroz.

Sigrid Löffler

Nachwort

Habent sua fata libelli. Bücher haben ihre Schicksale – erst recht, wenn es sich um Werke ausländischer Autoren handelt. Schwer nachvollziehbar sind die Entscheidungen der Verlage, ein bestimmtes Buch eines fremdsprachigen Autors einzukaufen und übersetzen zu lassen, oft erst Jahre nach dem Erscheinen der Originalausgabe. Die ursprüngliche Reihenfolge der Entstehung der Werke scheint da ganz unmaßgeblich. Selten wird auf die originalen Erscheinungsdaten geachtet, sodaß die Werk-Chronologie meist völlig durcheinander geht; oft werden Werke aus späteren Schaffensperioden zuerst übersetzt – und ziehen erst dann, falls sie vom Publikum gut aufgenommen werden, die Übersetzungen auch ihrer Vorgänger-Romane nach sich. Bei Titel-Auswahl, Erscheinungszeitpunkt und Reihenfolge der Werke eines Autors herrscht im Übersetzungsgeschäft oft reine Willkür.

Das deutschsprachige Publikum, aber auch der deutschsprachige Kritiker, steht dann vor Einzelteilen eines Werkes, deren Genesis und Reihenfolge sich ihm nicht erschließen, die nicht zueinander passen, die einander nicht erklären und sich nicht chronologisch in die Werkbiographie eines Autors einfügen lassen – alles nur Text, aber kein Kontext, nirgendwo. Schaffensperioden, Entwicklungen, thematische Schwerpunkte sind nicht erkennbar, lassen sich jedenfalls an der erratischen Übersetzungspolitik nicht ablesen. Die Umrisse des

Œuvres sind nicht einmal erahnbar. Was einen Schriftsteller umtreibt, warum er was wann und in welcher Reihenfolge geschrieben hat – all das muß rätselhaft bleiben, sofern man die Sprache des Autors nicht beherrscht, die Werke im Original nicht lesen und daher nicht nachvollziehen kann, wie sie ursprünglich aufeinander folgen.

Auch dem Portugiesen António Lobo Antunes ist es bei seiner deutschsprachigen Leserschaft zunächst nicht anders ergangen. Sein zweiter Roman, »Der Judaskuß« (1979), der ihn in Portugal schlagartig berühmt machte, erschien in Deutschland als sein erstes Werk, allerdings mit achtjähriger Verspätung – nämlich erst 1987. Zu diesem Zeitpunkt hatte Lobo Antunes in Lissabon längst vier weitere Romane vollendet und veröffentlicht, die das deutschsprachige Publikum aber nicht kennen konnte – ganz abgesehen von seinem Debütroman, von dem bestenfalls der Titel gerüchtweise bekannt war, »Memoria de Elefante«. Woher dieser Autor kam, welche biographischen und politischen Umstände ihn zum Schreiben motiviert hatten, wohin er sich als Erzähler entwickelte, vielmehr: inzwischen längst entwickelt hatte – all dies mußte der deutschsprachigen Leserschaft vorerst verborgen bleiben.

Die Leser konnten auch nicht wissen, daß dieser Autor in Romanzyklen arbeitete, in Trilogien und Tetralogien. Am Anfang seines Werks stand eine autobiographische Roman-Trilogie – mit dem »Judaskuß« im Zentrum –, und darauf folgte eine Tetralogie – vier Romane zum Thema Portugal. Erst recht konnten deutschsprachige Leser nicht ahnen, daß Lobo Antunes zu diesem Zeitpunkt bereits eine zweite Trilogie in Angriff genommen hatte – drei Romane, die in Benfica spielen, dem Lissaboner Villenviertel, in dem er aufgewachsen ist.

Diese willkürliche und nicht nachvollziehbare Erscheinungspolitik änderte sich erst vor einem knappen Jahrzehnt. 1996 nahm der Luchterhand Verlag das Werk von António Lobo Antunes in seine Obhut, und ab da wurde schlagartig alles anders. Der Verlag setzte seinen Ehrgeiz darein, der deutschsprachigen Leserschaft das gesamte Romanwerk dieses Weltautors zugänglich zu machen – immerhin inzwischen sechzehn Romane. So wurden ab 1996 nicht nur die jeweils neuesten Romane von Lobo Antunes umgehend ins Deutsche übersetzt, angefangen mit der so genannten »Tetralogie der Macht« – jenem Roman-Quartett, das auf die »Benfica-Trilogie« gefolgt war und in dem er sich die alten Eliten Portugals vornahm, die weißen Kolonialherren in Afrika und die Machthaber im Mutterland; parallel dazu wurden auch die vielen chronologischen Lücken im Frühwerk Buch für Buch aufgefüllt, sodaß deutschsprachige Leser heute das gesamte Œuvre von Lobo Antunes überblicken können. Der allererste Roman folgte zuletzt: 25 Jahre nach dem Erscheinen von »Memoria de Elefante« in Lissabon konnte man Lobo Antunes' Erstlingsroman »Elefantengedächtnis« schließlich auch auf Deutsch lesen.

Jetzt läßt sich endlich erkennen, woher diese eigenwillige Erzählerstimme kommt und wie der Hallraum beschaffen ist, in den hinein sie tönt. Jetzt läßt sich endlich nachvollziehen, wie dieser Autor und Großbürger-Sproß, Militärarzt und Psychiater, Jahrgang 1942, in vier gewaltigen Roman-Zyklen und in allen weiteren, darauf folgenden Erzählwerken das Unglück Portugals aufgehoben hat, im Hegelschen Sinne. Bei diesem Autor ist alles immer Gegenwart. Die Vergangenheit ist, mit William Faulkner gesprochen, nicht vergangen; die Gegenwart ist, mit Sartre gesprochen, nichts als vergangene Zukunft. Vergangenheit und Zukunft gehen bei Lobo Antunes auf in einer allumfassenden Gegenwärtigkeit. Alles dauert an, alles dauert fort. Alles geschieht gleichzeitig. Bei Lobo Antunes ist alles in Sprache konserviert – Portugals Gründungslegenden und Stammessagen, seine Machtphantasien und ausgerenkten Mythen, seine wurmstichige Größe, seine Zeremonien des Zerfalls.

Immer wieder aufs Neue hat dieser Autor auch mit den kolonialen Mythen seines Landes abgerechnet, von der hochgemuten Gründung des portugiesischen Weltreichs bis zu dessen jämmerlichem Ende in einem schmutzigen Kolonialkrieg in Afrika, der die Reste des Weltreichs hinweggefegt hat, ohne dessen imperiale Phantasmen zu beseitigen. Da im Portugal des António Lobo Antunes alles am toten Punkt stagniert, bewirkt der allgemeine Stillstand die Gleichzeitigkeit aller Vorgänge. Das zeitliche Nacheinander ist aufgehoben in der Synchronität aller Ereignisse.

Wo nichts geschieht, geschieht alles zugleich. Vasco da Gama und Pedro Cabral brechen auf ins Goldene Zeitalter der Entdeckungen; aber gleichzeitig strolchen sie auch durchs heutige Lissabon, als namenlose Penner und lausige Glücksritter. Und ihre stolzen Karavellen, die von großer Fahrt zurückkommen, beladen mit den Schätzen der Kolonien, sind zugleich verrostete Kähne, aus denen das Gerümpel der *retornados*, der Rückkehrer aus Afrika, an den Strand gekippt wird. In dem Roman »Die Rückkehr der Karavellen« läßt Lobo Antunes alle berühmten Seefahrer, Entdecker, Missionare und Feldherren, die Portugals Weltreich einst begründeten, als Vertriebene an Bord der letzten Karavellen geschlagen heimkehren.

Erst durch die Kunst dieses Schriftstellers ist Portugal für die literarische Welt wirklich lesbar geworden. Seine Romane entfalten präzise und sehr differenzierte Zustandsbilder der portugiesischen Gesellschaft und übersteigern sie zugleich ins höllisch Fratzenhafte. Was Lobo Antunes herbeihalluziniert, wem er die Stimme gibt, das sind Portugals Dämonen, so grotesk wie fürchterlich. Seine Romane sind barocke Untergangsgeschichten vom portugiesischen Wesen und Verwesen, bizarr und melancholisch.

Die triftigste Untergangsmetapher ist immer noch die Familie. Lobo Antunes erzählt das Unglück Portugals deshalb vornehmlich als Familiensaga, als vielstimmige Herrschafts- und Leidensgeschichte von der Gewalt der Väter und der Ohnmacht der Söhne, von der Dämonie der Mütter und dem Elend der Töchter. Er erzählt die Geschichte Portugals als familiäre Verfallsrhapsodie einer untergehenden Klasse. Er besingt den üppig blühenden Niedergang, die grandiose Auflösung eines Landes, das seine Zukunft seit langem hinter sich hat.

Wenn einer seiner Romane den Titel »Portugals strahlende Größe« trägt, dann kann dies nichts anderes sein als eine höhnische Grimasse: Das Zitat aus der portugiesischen Nationalhymne steht über der Geschichte einer Familie von *retornados*, die aus Angola nichts ins Mutterland zurückbringen außer ihren zerstörten Illusionen und ihren wahnhaften, kaputten Beziehungen zueinander. Lobo Antunes sieht sich »als Erbe eines alten, unbeholfenen, sterbenden Landes, voller Furunkel aus Palästen und Harnsteinen aus kranken Kathedralen« – so liest man in seinem stark autobiographischen »Judaskuß«, dem Buch, das seinen Ruhm begründet hat.

Sein Portugal ist eine Phantasmagorie, geschichtsmatt

und weltvergessen. Sein Lissabon ist eine versunkene Stadt, über der sich die Fluten der Zeit geschlossen haben – ihre Dächer sind Korallenriffe, ihre Straßen Krebsgrotten und die Wolken über der Stadt »nichts weiter als schwimmende Algenbänke«. Sein Thema ist dieser schmale Landstreifen im Rücken Europas und mit dem Rücken zur Zeit: ein Land der Ahnungen und Alpträume, das aufs Meer und in die Vergangenheit starrt, beide unendlich größer als das Vorhandene.

Immer noch schaut das Land gebannt nach Westen, in der sagenhaften Hoffnung, Dom Sebastiao, der verschwundene Knabenkönig, werde eines Tages im Nebel aus dem Meer geritten kommen, um Portugal zu retten. In der »Rückkehr der Karavellen« wird diesem falschen Trost- und Heilsbringer-Mythos der Garaus gemacht. Das radikale Schlußbild des Romans will den Sebastianismus ein für alle Mal erledigen. Da versammeln sich die einstigen Eroberer und Imperienbauer am Meeresufer, eine Kohorte von Schwindsüchtigen, die im Morgengrauen hustend am Strand sitzen, vor sich »nichts als den Ozean, leer bis zur Linie des Horizonts«. Geduldig warten sie auf »einen blonden Jüngling mit einer Krone auf dem Kopf« und »auf das Wiehern eines Pferdes, das nie kommen würde«.

Das Portugal des António Lobo Antunes ist ein phantastisches Ruinenreich, trotz Massentourismus und EU-Beitritt, ein entmutigtes und entmächtigtes Land, trotz Sturz des Diktators Salazar in der so genannten Nelkenrevolution von 1974. Was die Nelkenrevolution beseitigen wollte, das Ancien Règime, das west fort. Die vorrevolutionäre Vergangenheit Portugals ist nicht vergangen. Die alten Substanzen – das Militär, die Kirche, die mächtigen Familien – sind immer noch vorhanden. Die alten Eliten geben immer noch den Ton an – oder mindestens den Mißton. Und die portugiesische Gesellschaft ist immer noch zerstritten darüber, als was die Nelkenrevolution anzusehen sei: als ein Befreiungsschlag oder als nationale Katastrophe. Dieser Riß geht auch durch Lobo Antunes' Familie und durch ihn selbst hindurch. Dieser Riß – Befreiung oder Katastrophe? – ist sein literarisches Thema. Daß er beide Seiten kennt, dass beide an ihm ziehen und zerren, das befähigt ihn zu seinem Roman-Werk.

Die Familie Lobo Antunes ist eine großbürgerlich-aristokratische Dynastie. Hohe Militärs und einen brasilianischen Kautschuk-Großhändler zählt der Autor zu seinen Vorfahren, aber auch eine deutsche Großmutter. Sein Vater, zwei seiner fünf Brüder und er selbst sind Mediziner. Ehe er den Arztberuf aufgab, um zu schreiben, war er Chefarzt im Hospital Miguel Bombarda in Lissabon, einer psychiatrischen Klinik, in der auch schon sein Vater Chefarzt gewesen war. »Ich bin ein Mann aus einem schmalen, alten Land, aus einer in Häusern ertrinkenden Stadt. Ich wurde geboren und bin aufgewachsen in einer stickigen Welt aus Häkelspitzen, die Häkelarbeit der Großtante und die manuelinische Häkelarbeit der Architektur haben meinen Kopf in Filigranmuster zerlegt, mich an die Nichtigkeit von Nippes gewöhnt, kurz, sie haben meine Sinne reglementiert«, berichtet der Ich-Erzähler im »Judaskuß«. Da hat er den Schock seines Lebens schon hinter sich, die Entregelung der Sinne bereits durchgemacht, auf die denkbar brutalste Weise – ein Schicksal, das der Ich-Erzähler mit seinem Autor teilt.

Der Schock hieß Angola – und er warf ihn aus der Bahn. 1968, im Alter von 26 Jahren, wurde Lobo Antunes vom Salazar-Regime als Militärarzt nach Angola zwangsverpflichtet. Vier Jahre Wehrdienst, davon 27 Monate im dreckigen Kolonialkrieg am Arsch der Welt – »Os cus de Judas«, wie der unverblümte Originaltitel seines Romans lautet – sind die zentrale Schreckenserfahrung seines Lebens. Der Kolonialkrieg in Angola, das war der Vietnamkrieg des armen Mannes. Er ist zugleich nationales Trauma und Auslöser der Revolution von 1974 – deren Wortführer waren desillusionierte Kolonial-Offiziere, gezeichnet von den Gräueln, die sie in Afrika mitgemacht hatten.

150 von den 600 Mann seines Bataillons seien gefallen, sagt Lobo Antunes – aufgerieben durch einen unsichtbaren Feind, verreckt an Malaria, zerrissen von Minen, getötet von Guerilla-Kugeln aus dem Hinterhalt: »Angola hat mir politisch die Augen geöffnet. Es war ein Krieg von Kindersoldaten, angeführt von Offiziersknaben. Er wurde geführt im Namen gewaltiger, stumpfsinniger Ideale – Ehre, Opfer, Vaterland. Dabei gibt es nur eine Ehre – die Ehre, am Leben zu sein.« Einer dieser Offiziersknaben war Ernesto Melo Antunes, Antónios Hauptmann im Angola-Krieg und einer der Mitverschwörer und Programm-Vordenker der Revolution, der später Minister wurde. Diesem bewunderten Freund sollte Lobo Antunes 1996 seinen Roman »Das Handbuch der Inquisitoren« widmen, seine Abrechnung mit den Machthabern des Salazar-Regimes.

Lobo Antunes selbst ist davongekommen, im »Judaskuß« beschwört er diese Reise ins Herz der Finsternis und ans Ende der Nacht. Dieser kaum fiktionalisierte Text mit seinem dichten autobiographischen Substrat ist inszeniert als trunkener Monolog eines Angola-Veteranen in einer Lissaboner Bar. Er ist die fiebrige Konfession an eine unbekannte Frau, der besessene Redeschwall eines Mannes, der seine Verzweiflung in Alkoholschwaden auflöst. So kaputt er ist, so gnadenlos rechnet er mit denen ab, die ihn kaputtgemacht, in einem absurden Krieg verheizt und fürs Leben verdorben haben. Vier Jahre später, in seinem Roman »Fado Alexandrino« (1983), sollte Lobo Antunes das Thema der Nelkenrevolution nochmals aufgreifen: Da treffen sich fünf Veteranen des Kolonialkriegs in einer Kneipe und beichten einander, fast zehn Jahre nach der Revolution, die Debakel und Fiaskos nach ihrer Heimkehr.

Der 25. April 1974, der Militärputsch gegen das System Salazar/Caetano – das ist das Datum, an dem sich die Geister scheiden, auch die der Familie Lobo Antunes. Der Vater und die Brüder des Autors waren einverstanden mit dem Umsturz. Aber die Brüder seiner Mutter, die Schwestern seines Vaters haben die Revolution einfach nicht zur Kenntnis genommen, haben sich verweigert, die Zeit angehalten, sich eingesponnen in ein imaginäres Portugal von früher.

Diese Ambivalenz gegenüber der Geschichte durchzieht auch das Personal der Romane. Bei Lobo Antunes kommen alle zu Wort, die Machthaber, die Nutznießer, die Opfer, die Verlierer. Die großen Familien der Salazar-Zeit, die Wirtschaftsbarone, Kirchenfürsten und Financiers, gehören ebenso zum Stammpersonal wie die Militärs und die Geheimdienstleute, die imperialen Phantasten und achtlosen Menschenwürger, einschließlich ihrer Büttel und Folterknechte. Wie die Herrschaft der großen alten Familien-Clans andauert, das beschreibt etwa der Roman »Das Handbuch der Inquisitoren«. Die Zensur mag in Portugal abgeschafft, die PIDE, die politische Polizei, mag aufgelöst sein, aber der Schatten der Despotie mit ihrem Spitzel- und Folterwesen ist nicht gewichen. Die Diktatur von einst hat nur geheimem neuen Terror Platz gemacht, grotesken und gespenstischen Machenschaften, wie im Roman »Anweisungen an die Krokodile« nachzulesen ist, politischen Komplotten und Geheimdienst-Attentaten in der Ex-Kolonie Angola, wie sie der jüngste Roman »Guten Abend ihr Dinge hier unten« beschreibt. Die Ordnung der alten Männer, das väterliche Prinzip, gilt nach wie vor. Und sie spinnen noch ihre Ränke, als wäre Salazar nach wie vor an der Macht – der kümmerliche lusitanische Diktator, der »mit seinem Spatzenfiepen« über Leben und Tod entscheiden konnte, über Erwerb und Verderb, über Fátima-Wunder, Konzentrationslager und Kolonialkriege.

Aber es gibt auch die Lebensuntüchtigen, die Träumer und Melancholiker. In vielen seiner Romane führt Lobo Antunes solche Menschen vor, die nostalgisch einer verschwundenen Größe von einst nachhängen: Schleiereulen der Vergangenheit, die benommen ins Heute blinzeln und sich nicht zurechtfinden im grellen Faktenlicht. Auf der anderen Seite läßt Lobo Antunes aber auch die Opfer der Geschichte auftreten. Er entfaltet ein Panorama der kleinen Leute und gestrandeten Existenzen, die nicht wissen, wie ihnen geschieht – Habenichtse, Geduckte und Gedrückte, Verrückte, Spinner, gebrochene Menschen. Bei allen schwärt die nachkoloniale Seelenfäule weiter fort, bei den Rückkehrern aus den überseeischen Provinzen ebenso wie bei den Veteranen des Kolonialkriegs.

Es hat seinen besonderen Reiz, nun das allererste Buch dieses Autors – den legendären Vorgänger-Roman von »Der Judaskuß« – zuletzt zu lesen, den Grundstein dieses gewaltigen Romanwerks gewissermaßen als dessen Schluß-Stein.

Lobo Antunes zögerte lange, »Memoria de Elefante« – erstmals erschienen 1979, im selben Jahr wie »Der Judaskuß« – seinem fremdsprachigen Publikum zugänglich zu machen. Fürchtete er, sein Erstlingswerk werde den Vergleich mit seinen späteren, immer komplexer und vielschichtiger gebauten Romanen nicht aushalten? Hatte er Bedenken, weil in diesem Debüt-Roman von der Heimkehr eines Militärarztes aus dem Angola-Krieg so unverhüllt und deutlich das autobiographische Unterfutter erkennbar ist? Ließ ihn das Urteil seines Vaters, Psychiater wie er selber, zaudern, der das Buch anfängerhaft fand? Wenn solche Vorbehalte und Besorgnisse der Grund seines Zögerns gewesen sein sollten, dann läßt sich nach der Lektüre dieses Erstlings sagen: Sie waren unberechtigt. »Elefantengedächtnis« kann sehr wohl neben den späteren Werken bestehen: Es ist ein kraftvoll erzähltes Buch und besitzt allen Zauber und alle Unschuld eines Erstlingswerks.

Mehr noch: »Elefantengedächtnis« eignet sich hervorragend als Einstieg in die Roman-Welt von Lobo Antunes. Gewiß: von der unverwechselbaren polyphonen Erzähltechnik, dem Verfahren des Stimmengewirrs aus Gesprächen und inneren Monologen ohne Erzählstrang, die Lobo Antunes erfunden, entwickelt und in sechzehn Büchern immer mehr ausdifferenziert und verfeinert hat, ist in »Elefantengedächtnis« noch nichts zu erkennen. Aber auch wenn von der kühnen Konstruktion und virtuosen Vielstimmigkeit der späteren Werke hier noch kaum etwas zu merken ist, läßt dieses Buch die späteren Romane doch in einem anderen Licht erscheinen. Es nimmt den Leser mit zu den autobiographischen Quellen, aus denen sich das gesamte folgende Œuvre speist – später freilich kaum mehr wahrnehmbar, weil das autobiographische

Element immer raffinierter verhüllt wird und das Ich des Autors hinter der Fülle von Erzählerstimmen verschwindet. »Memoria de Elefante« fängt die Atmosphäre und das geistige Klima Portugals an der Wende zur Demokratie ein und enthält bereits alle Themen und Motive, die diesen Autor sein Leben lang umtreiben werden.

Da ist zunächst das Trauma des Angola-Krieges. So wie der Autor selbst sind die Helden und Erzähler seiner ersten drei Romane gleichfalls Angola-Veteranen, von ihren Erfahrungen schwer gezeichnet. Das Grauen und Entsetzen über dieses »portugiesische Vietnam« wird nie mehr ganz aus Lobo Antunes' Texten verschwinden. Dieser Kolonialkrieg ist der erste Ort der Hölle, den dieser Dreißigjährige kennen gelernt hat, und er hat ihn mit tiefen Depressionen infiziert. Im Roman ist die Rede von »unerklärlichen Melancholien«, von einer »ozeanischen Traurigkeitstiefe«.

Der zweite Höllenort, in den der Autor und sein Held Einblick nehmen, ist das Irrenhaus – das psychiatrische Krankenhaus in Lissabon, in dem der Sohn dem Vater im Chefarzt-Posten gefolgt ist, im Roman und in der Realität. »1973 kam ich im Hospital Miguel Bombarda an, um die lange Reise durch die Hölle zu beginnen«, liest man im dritten Roman von Lobo Antunes, »Einblick in die Hölle«. Und in »Elefantengedächtnis« liest man: »Hier hinein, dachte der Arzt, mündet das letzte Elend, die absolute Einsamkeit, was wir an uns selber nicht ertragen können, die verborgensten und beschämendsten unserer Gefühle, die wir bei den anderen Verrücktheit nennen, die aber letztlich unsere eigene ist, vor der wir uns schützen, indem wir sie mit Etiketten versehen, hinter Gittern zusammenpferchen, mit Pillen und Tropfen nähren.«

Auch die radikale Auseinandersetzung mit dem eigenen Beruf, der Aufstand des Sohnes gegen eine Profession, die er als familiäres Oktroi empfindet, ist ein Leitmotiv zumindest der frühen Romane von Lobo Antunes. Es zieht seine Helden mächtig zur Literatur, zum Schreiben, aber der Druck der Familie, die Macht der Tradition hindern sie vorläufig noch daran, den entscheidenden Schritt zu tun, aus den vorgegebenen familiären Bahnen auszubrechen und den Beruf zu wechseln. Schriftsteller zu sein, entspricht ganz und gar nicht den Erwartungen der Familie, des Vaters und des Großvaters. Im Gegenteil: dieser Beruf stößt auf ihre tiefe Mißbilligung.

Sein Held von »Elefantengedächtnis« empfindet »täglich ein schlechtes Gewissen wegen der Kraftlosigkeit meiner Proteste und meiner angepaßten Unangepaßtheit und wegen der Gewißheit, daß die Revolution, die von innen heraus gemacht wird, bei mir nicht funktioniert«. Erst in seinem dritten Roman »Einblick in die Hölle« wird Lobo Antunes beschreiben, wie sein Leiden an der Psychiatrie so stark zunahm, dass er die Kraft zum Widerstand und schließlich zum Bruch mit der Familientradition fand. Das Buch erzählt seine schwierige Selbstbefreiung aus seinem deprimierenden Beruf.

In »Elefantengedächtnis« herrscht bereits eine Stimmung vor, die später das gesamte Roman-Œuvre dieses Autors grundieren wird. Es ist das Grundgefühl, dass Portugal durch die sich viel zu lang hinschleppende Agonie des Salazar-Regimes ein vergiftetes und kraftloses Land ist – eine Gesellschaft, die niederdrückende Erinnerungen wie uralte Todeskeime mit sich herumträgt und sich davon nicht erholen kann. Alles heißt Salazar, alles ist gelähmt von diesem Namen – die Vergangenheit, die Gegenwart und auch die Zukunft. »Als wir geboren wurden, hatte Salazar das Land bereits in ein gezähmtes Priesterseminar verwandelt. Seit Salazar gestorben ist, geht's von einem Debakel zum anderen«, liest man im »Elefantengedächtnis«.

Hier ist bereits spürbar, woran sich die Phantasie dieses Autors immer wieder neu entzünden, was sein großes Erzählprojekt werden wird – die Dekonstruktion der portugiesischen Stammessagen, die radikale Entmythisierung seines Landes. Der Held findet sich in der Gegenwart nicht zurecht, erinnerungsbeschwert wie er ist. Er hat das »Gefühl, daß er nur in der Vergangenheit existierte und die Tage rückwärts glitten wie auf den alten Uhren.« Wie das Land leidet der Held an seinem Elefantengedächtnis. Die Erinnerung schleppt er nach, abwerfen kann er sie nicht, leicht kann er es sich nicht machen. »Warum erinnere ich mich bloß immer an die Hölle, fragt er sich: weil ich von dort noch nicht wieder weg bin oder weil ich sie durch eine andere Qual ersetzt habe?«

Der Held kann sich nicht einleben in dieser Gesellschaft. Er kann sich mit seinem Land unter der verwesenden Herrschaft des Diktators nicht identifizieren, und er wird mit dem Trauma des Angola-Kriegs nicht fertig. Man liest: »Zwischen Angola, das er verloren, und Lissabon, das er nicht wiedererlangt hatte, fühlte sich der Arzt doppelt verwaist, und dieser Zustand der Heimatlosigkeit dauerte schmerzhaft an.«

Diese Existenz- und Sinnkrise wird noch verstärkt durch eine selbst herbeigeführte Qual des Helden – durch die mutwillige Trennung von seiner Ehefrau. Der Roman erzählt aus der Sicht des Mannes die Monate der Desorientierung und Haltlosigkeit unmittelbar nach dieser Trennung. Der Held hat seine Bodenhaftung und seine Richtung verloren, er fühlt sich nicht mehr richtig geerdet. Er taumelt durch sein Leben. So unverstellt und biographisch erkennbar hat dieser Autor in seinem späteren Werk nie mehr von seinen persönlichen Krisen erzählt. So nahe an sich heran ließ er in seinen späteren Romanen den Leser nicht mehr kommen.

In dem Interviewband »Gespräche mit António Lobo Antunes«, geführt von der Journalistin María Luisa Blanco, spricht der Autor mit großer Offenheit über diese Krise. Man erfährt, dass Lobo Antunes über nichts so anhaltend, kummervoll und reuig nachgegrübelt hat wie über die Trennung von seiner ersten Frau. Diese Trennung erscheint ihm heute noch unbegreiflich, mutwillig, er nennt sie »selbstzerstörerisch, dumm, irrational«. Man liest: »Der Grund war vollkommen blödsinnig. Ehrlich gesagt, weiß ich nicht, warum. Ich habe mich ganz sicher von ihr getrennt, weil das in Mode war, alle machten das. Nach der Revolution haben sich viele getrennt, bestimmt, weil sie nicht richtig mit der Freiheit umgehen konnten.« Und an anderer Stelle bekennt er: »Meine Trennung ist das Dümmste, was ich in meinem Leben getan habe. Ich bereue sie sehr, aber Leben ist wie Schreiben ohne Korrekturen.«

Im Roman taucht immer wieder ein Sehnsuchtsmotiv auf – die utopische Vorstellung, man könne die Vergangenheit korrigieren. »Laß uns an den Anfang zurückkehren, das Leben ins reine schreiben, neu beginnen.« Dem steht der Satz entgegen: »Man kann die Vergangenheit nicht ins reine schreiben.«

Wohl aber kann ein Autor die Vergangenheit lebenslang umschreiben. Das Gedächtnis, sagt Lobo Antunes, sei ein labyrinthisches Lagerhaus, in dem die eigene Vergangenheit gesammelt ist. Und mit dem Gedächtnis schreibt man. Als Mensch mag man leiden, aber als Schriftsteller denkt man darüber nach, wie man dieses Leiden für seine Arbeit nutzen kann. Und durch das Umschreiben verändert sich auch die Erinnerung. Phantasie ist die Art, wie man die Erinnerung ordnet.

Das Auffälligste an »Elefantengedächtnis« ist der Umgang des Autors mit der Zeit. Es obwaltet darin eine ganz eigentümliche Konzeption von Zeit. Der Roman ist eine literarische Vorwegnahme der eigenen Trauer und Verzweiflung des Autors über seine Ehescheidung, die zu dem Zeitpunkt, als der Roman geschrieben wurde, noch gar nicht vollzogen war. Als er sich die Folgen der Trennung literarisch bereits detailliert ausmalte, war er noch gar nicht geschieden. Vergangenheit und Zukunft fallen in diesem Erzählvorgang in eins, anders gesagt: Es gibt keine Vergangenheit und keine Zukunft, es gibt »nur die immense Gegenwart, die alles umfaßt«.

António Lobo Antunes sagt, er habe dieses veränderte Zeitgefühl erstmals in Afrika erfahren. In Afrika habe er dieses geduldige Verharren in einer allumfassenden Gegenwart erlernt. Dies hat, wie man gesehen hat, gewaltige Folgen für die Erzähltechnik seiner Romane. Diesem synchronen und polyphonen narrativen Verfahren, das Lobo Antunes später unendlich verfeinern und immer mehr komplizieren sollte, begegnet man bereits in seinem Debütroman. »Elefantengedächtnis« ist demnach ein Text, der bereits alle späteren Texte in sich enthält. Er ist die Kapsel des Unglücks, welches das literarische Glück eines großen zeitgenössischen Romanwerks generiert hat.